COLLECTION FOLIO

Fabienne Jacob

Mon âge

Gallimard

L'auteur remercie le Centre national du livre
pour son soutien.

Née en Moselle, Fabienne Jacob vit et travaille à Paris.

« Caddy sentait encore comme les arbres. »

WILLIAM FAULKNER

ELSE

Une cruauté, la lumière de l'ampoule à cette heure de la nuit. Pas seulement pour les yeux, pour la vérité aussi. Après avoir traversé la chambre à coucher, j'ai allumé l'interrupteur de la salle de bains attenante et aussitôt le blanc cru jailli de l'ampoule m'a planté une douleur brève mais aiguë dans les yeux. Très vite, je me suis habituée. Maintenant je m'examine dans le miroir. Malgré la fatigue, je rapproche encore mon visage de la surface lisse de la glace. Passé une certaine distance de son reflet on ne se raconte plus d'histoires.

Gros plan et mensonge ne font pas bon ménage.

Voilà mes yeux, voilà ma bouche, voilà mon âge, vingt-sept ans, trente-neuf ans, soixante et un ans.

Quand on vit dans certaines sociétés il est presque impossible de se regarder dans un miroir sans penser à son âge car dans ces sociétés tous les plans rapprochés de visages devant des miroirs à la télévision ou dans les magazines invitent quelques images plus tard à se procurer une crème de jour ou de nuit. Le plus souvent le gros plan sur le visage de la femme est suivi d'un autre, celui des lettres d'une marque de cosmétique. Jusqu'à présent ces images visaient seulement les femmes. Aux dernières nouvelles, il en existe désormais à destination des hommes.

Quand on y pense, se regarder dans un miroir est une opération impossible, être dans le même temps celui qui regarde et celui qui est regardé, mais qui est soi et qui est l'autre ?

Il n'y a pas de mort dans ma maison mais, en regardant le miroir, je songe que dans mon village autrefois, quand il y avait un mort dans une maison et qu'on arrêtait les pendules, on recouvrait le miroir d'un drap pour que la mort ne s'y reflète pas. La mort ne devait en aucun cas se refléter. On ne le fait plus. Je ne retourne plus beaucoup au village et ne sais pas ce qu'ils font de leurs morts, comme ailleurs les gens doivent mourir à l'hôpital et s'ils meurent à la maison on les fait glisser au plus vite dans de grands sacs avec une fermeture éclair et on les emporte au loin, comme s'ils avaient été assassinés. La mort n'a plus le temps de se refléter dans le moindre miroir, on la cache avant même qu'elle n'arrive, et si elle arrive malgré tout, on emporte vite le sac au loin. On a trouvé, sans avoir recours à un drap, le moyen de faire en sorte qu'elle ne se reflète plus.

Voilà ma bouche, voilà mes yeux. Voilà mon âge.

Je m'examine d'abord d'assez loin, puis d'un peu plus près. À cette distance je peux voir mes pores, légèrement dilatés et luisants. Peau sèche, grasse par endroits. Je peux constater mon degré de fatigue, les traits sont tirés, j'ai sans doute des rides autour des yeux et autour de la bouche, mais peut-être pas encore. Avoir des rides ou pas n'est pas ce qui importe pour l'heure. Ni l'éclat des yeux ni leur expression ne comptent davantage. L'éclat de mon visage, je le sais, va encore en prendre un coup après le démaquillage, le degré de fatigue n'a pas diminué l'état de conscience, au contraire. Les grandes fatigues sont plus souvent qu'on ne croit le terreau des grandes lucidités. Bientôt donc, quand j'aurai fini ma toilette, mon visage ne sera plus le même. Mais cela non plus ne me contrarie pas. Passé une certaine heure, on ne sait plus très bien ce qui compte le plus tant l'échelle habituelle des valeurs se brouille.

J'extrais une boule de coton d'une boîte posée sur la tablette, verse du lait démaquillant dessus et commence à nettoyer mes yeux en décrivant de petits cercles concentriques.

Quand j'ai fini je jette dans la poubelle sous le lavabo la boule de coton devenue noire et mauve, pleine de rimmel et d'ombre à paupières. Maintenant c'est au tour du visage. Je mets un peu d'un autre lait démaquillant sur les mains et l'applique à même la peau. Puis avec un mouchoir en papier je le retire en prenant soin d'aller des ailes du nez vers l'extérieur du visage. Le mouchoir en papier est sale lui aussi, mais d'une couleur gris beige. La couleur de l'air qu'on respire et qu'on croit incolore.

Le visage désormais totalement démaquillé, je ne porte plus aucun fard. L'apparition de mon vrai visage, tel qu'en lui-même, pourrait me navrer, on serait en droit de le penser, mais ce n'est pas ma façon de voir les choses à cette heure de la nuit. C'est une pensée qui pourrait me visiter à dix heures ou dix-huit heures mais pas à deux heures du matin. Un observateur de cette scène pourrait se dire Tiens elle a l'air de s'en fiche, cette femme. Encore un peu et elle pourrait se préférer ainsi sans aucun fard. Pourtant les yeux sont devenus plus petits, la bouche plus pâle et le teint brouillé. Quant à la peau, elle est constellée de petites imperfections que le fond de teint dissimulait. Plus rien n'est souligné, plus rien n'est mis en valeur, le visage a été mis à nu pendant l'opération. Ça n'a pas l'air de la déranger, cette femme, car elle s'approche encore un peu plus près de son reflet et même elle se tourne de trois quarts pour s'observer sous un autre angle. On n'ira pas jusqu'à dire qu'elle est satisfaite d'elle-même, ce serait exagéré, ce n'est pas dans la nature de cette femme d'être satisfaite de quoi que ce soit, encore moins d'elle-même.

Avec l'effacement du mascara, du rouge à lèvres et de l'ombre à paupières, le visage d'avant a disparu. Un autre est apparu, affadi, pâli, mais je ne pense pas comme ça, je pense au contraire qu'il a gagné en douceur. Et peut-être à cette heure de brouillage généralisé des valeurs la douceur arrive-t-elle bien placée dans la nouvelle échelle de valeurs.

La salle de bains, je sais je l'ai déjà dit mais c'est important pour la suite, est attenante à la chambre à coucher, si bien que dans le grand miroir je peux voir à travers la porte restée entrouverte mon mari qui me regarde. Il est assis dans le lit et semble m'attendre. Je suis rentrée tard. Il m'en fera l'observation mais ne m'en fera pas le reproche. Certains soirs, je préférerais des reproches plutôt que des observations, mais mon mari ne m'en fait jamais.

Tu es rentrée bien tard, dira-t-il simplement ce soir comme tous les soirs. Oh, il ne fallait pas m'attendre tu sais bien, répondrai-je tout aussi simplement.

L'autre nuit, quand je suis rentrée aussi tard, je me suis couchée auprès de lui mais n'ai pas réussi à m'endormir. Alors je me suis levée, j'ai ouvert la porte-fenêtre et suis sortie sur le balcon, la nuit était tiède et la ville encore bruissante, bien que peu de fenêtres soient restées allumées. Dans la rue en contrebas de rares voitures circulaient encore, la chaussée était mouillée et le bruit des roues était doux à mon oreille. La tiédeur de la nuit et la douceur des roues sur la chaussée mouillée m'ont aussitôt donné envie d'allumer une cigarette.

À présent, je mets les paumes de mes mains en vasque, je fais couler de l'eau et me rince le visage à grande eau, puis je prends une serviette de toilette et m'essuie. Bientôt je n'aurai plus qu'à me brosser les cheveux et à me déshabiller.

Vers le soir, à l'heure du coucher précisément, des êtres viennent nous visiter, sortis d'on ne sait où, des êtres à qui l'on pense depuis longtemps, qui sont depuis longtemps dans le cadre de notre vie, pas en plein dedans plutôt sur les bords, ou alors des êtres fortuits, furtifs, des êtres de passage qui font une unique apparition dans le cadre et n'y reviendront plus jamais, le hasard seul les y a jetés, il n'y a aucune raison qu'ils nous croisent à nouveau, et pourtant parfois ces êtres contingents reviennent nous visiter par la pensée. Ils nous visitent le plus souvent le soir, c'est leur heure, ils sont là, bien présents dans leurs vêtements, leur démarche, leur façon de parler, on les a identifiés, c'est bien eux, un pompiste à la station essence en combinaison rouge grenat à qui on ne savait pas s'il fallait ou non donner un pourboire, un vendeur de journaux au kiosque, on ne lui voyait que le buste, un homme-tronc entouré de gros titres, Europe : la fin du rêve, Taux de réussite au bac selon les prénoms et en sous-titre : Les Coline ont plus de chances de réussir que les Kevin. Ce soir je pense à une femme que je connais, une femme au foyer, toute la journée chez elle comme son nom l'indique, toute la journée à faire des actions qu'on pourrait croire répétitives et fastidieuses, repasser, faire le ménage, les papiers, à la fin de la journée elle prépare encore un gâteau pour ses enfants et son mari, elle sourit, aux lèvres elle a un sourire énigmatique, elle pense à ses enfants qui vont rentrer de l'école, fatigués, le mari va rentrer du bureau, fatigué, tout le monde sera là autour d'elle, fatigué, mais tout le monde lui demandera Tu ne t'es pas trop ennuyée ? Tu n'as pas trouvé le temps long ? et elle aura à nouveau cet énigmatique sourire. Moi qui connais cette femme j'ai la réponse, non, elle ne s'est pas ennuyée pendant cette journée même si elle n'a rien fait d'autre que le repassage, les papiers et le gâteau. Peut-être en vérité ceux qui ont eu la journée la plus remplie se sont-ils ennuyés. J'aurais pu être cette femme-là avec cette voix, ces cheveux, cette robe et ces après-midi dont tout le monde s'accorde à dire qu'ils doivent être ennuyeux. Ou alors j'aurais pu être la femme que j'ai vue au cinéma l'autre soir, celle qui se rinçait les bras avec du citron pour faire quoi? enlever l'odeur du restaurant où elle travaillait, peut-être un restaurant de poissons qui sait, se préparer à recevoir son amant ou simplement aimait-elle l'odeur du citron, simplement s'en mettait-elle sur les bras pour elle-même et personne d'autre qu'elle-même, ni amant ni poisson dans l'affaire. La femme du film faisait ça devant une fenêtre ouverte et tout d'un coup on a vu par la fenêtre ouverte arriver une formidable averse, une averse puissante, comme savent l'être les averses. Et on a senti l'avènement du grain comme si soi-même on allait se le prendre en pleine face, une pluie d'été qui tombait formidablement dru, d'une brièveté sauvage, d'une densité inouïe mais qui dans le même temps était tiède et moelleuse. Le phénomène semblait plus tellurique que céleste. Le film ne faisait entendre aucune autre musique que le raffut des paquets d'eau qui tombaient sur le visage, les cheveux et la nuque de la femme, et ne montrait rien d'autre que son visage en gros plan avec les gouttes qui ruisselaient sur le grain de la peau. Deux minutes, pas davantage, et après cela plus rien, le ciel s'en fichait royalement, il faisait comme si de rien n'était. Comment les choses pouvaient-elles rentrer dans l'ordre aussi vite alors qu'elles étaient dans un tel désordre seulement trois minutes auparavant, le ciel s'y connaît en actes gratuits.

Il y en a au cinéma ils font des scènes soi-disant érotiques avec des lumières tamisées, des tenues insensées, des bas, des choses comme ça, et l'érotisme n'advient jamais, rien ne monte, rien ne prend, ils peuvent ajouter toutes les musiques qu'ils veulent, ça ne prend pas, ça ne vient pas et surtout ça ne monte jamais, et il y en a il leur suffit de filmer une averse de deux minutes d'une puissance inouïe mais éphémère et de faire sortir leur héroïne sur le balcon, seulement ça et c'est tout, deux minutes. Simplement lui dire Tiens mets-toi là-dessous deux minutes, simplement la mettre sous cette formidable averse, et ça y est le miracle a lieu, l'eau du ciel lui coule le long des cheveux, le long du visage et de la nuque, on ne reconnaît presque plus l'héroïne tant elle est ruisselante, sculptée par l'eau du ciel, c'est cela l'érotisme, ne plus reconnaître quelqu'un pendant le court intervalle que dure le désir, le trouver changé au point de ne plus le reconnaître, le désir rend les êtres méconnaissables. Ceux-là n'ont pas souhaité faire une scène réussie et pourtant leur film est plus réussi que ceux qui s'y sont employés laborieusement à la fabriquer, leur scène. Malgré les effets, malgré les moyens, ceux avec les accessoires, les décolletés et la musique soi-disant langoureuse n'arrivent à rien. Celle-là, la femme du film, il lui a suffi de sortir deux minutes sous la pluie, il lui a suffi d'être trempée, ruisselante, que l'eau du ciel lui coule le long du visage, de la nuque, le long des jambes, il lui a suffi d'avoir la robe collée à la peau par l'averse pour que la scène se colle à son tour à la peau du spectateur, chevillée d'abord à la peau puis à la mémoire tout entière, balançant dans les pores et dans le souvenir un poison infiniment plus irritant et sournois que celui de l'autre scène avec la fille qui se trémousse sans effet dans ses pauvres bas et dans sa pauvre robe, le cinéma est injuste comme le reste, il y en a qui l'ont et d'autres qui ne l'ont pas et ne l'auront jamais, ils peuvent ajouter toutes les musiques qu'ils veulent, toutes les robes qu'ils veulent, la femme de l'averse n'a eu besoin d'aucune musique, d'aucune robe, seul le bruit d'une pluie tenace et nue et qui descend le long d'une nuque, et cela a suffi.

Vers deux heures du matin il y a de ces pensées qui se bousculent dans la tête d'une femme qui se démaquille et qui n'est ni une femme au foyer ni un personnage de film, pas plus qu'il n'y a d'averse en vue dans le ciel car le ciel n'a tout bonnement pas prévu de se déchirer cette nuit pour lâcher des trombes d'eau, le ciel n'a rien de prévu cette nuit, surtout pas de faire une scène. La femme n'est donc aucun de ces personnages, elle n'est qu'une femme qui se démaquille comme il y en a des milliers, avec leur vie, leur destin dont elles ne savent à peu près rien et leur passé dont elles se moquent parce que la plupart du temps nous faisons comme si le passé n'avait pas eu lieu. La femme du cinéma, on connaît déjà son destin, on a vu le film jusqu'au bout jusqu'au mot Fin, la femme de la salle de bains ne sait encore rien de son destin ni l'heure de sa mort ni le lieu, ni si elle va vivre sa vie comme elle l'entend, comme elle l'a toujours entendu depuis qu'elle était petite fille à quatre pattes avec Else à dessiner avec un bâton des mots dans la boue, les noms de toutes les choses qu'elles voulaient faire, les prénoms de garçons qu'elles voulaient aimer toute la vie, rien de plus sérieux au monde que le projet d'un enfant, les jours qu'il leur restait à vivre elles n'y pensaient même pas tant elles étaient immortelles, les jours elles pouvaient les gâcher, les rater tous jusqu'au dernier, il leur en restait encore plein à rater.

On pense à de ces choses quand on se démaquille le soir avant de se coucher et encore à d'autres qui arrivent dans le même temps et le même désordre. Le coup du temps régulier comme un tapis roulant, tu parles. Le temps de l'horloge, une minute après l'autre, il peut soudain disparaître dans un trou noir où nulle horloge au monde ne peut plus le compter. Dans le temps d'une femme qui se démaquille une seule minute peut durer des heures, des jours entiers, une minute peut la précipiter dans un long vertige.

Un livre entier n'y suffirait pas, à dire toutes les pensées qui arrivent en vrac dans l'esprit d'une femme qui se démaquille. Surtout quand son mari la regarde par la porte restée ouverte et qu'elle sait déjà ce qu'il va dire et surtout ce qu'il ne va pas dire. Tu es rentrée bien tard mais aussitôt il ajoutera Ce n'est pas un reproche mais la femme sait bien que c'en est un de reproche et que le Bien avant le Tard, il aurait pu s'en abstenir, elle aurait préféré un vrai reproche avec les mots du reproche et avec la syntaxe du reproche.

Voilà mon visage, voilà mes yeux, voilà ma bouche, voilà ma vie de trente-neuf ans, quarante-sept ans, soixante-quinze ans.

J'approche encore mon visage de la glace, scrute ma peau, les plis autour de mes yeux, de ma bouche, la petite ride verticale entre les deux yeux. Toi-même qui t'es fait ça, personne d'autre. T'as que ce que tu mérites, ma vieille, la rengaine du mérite on te l'incruste jusque dans la peau.

En sortant de la salle de bains, j'éteins l'interrupteur et traverse la chambre plongée dans la pénombre, je passe le long du lit où m'attend mon mari. En faisant le noir dans la chambre, j'ai l'impression d'avoir aussi fait le silence. Je sors, enlève mes chaussures dans le couloir et les tiens à la main. Derrière la porte de la chambre de mon fils flotte l'odeur de son sommeil, je la reconnais dès que j'entre. Le sommeil des enfants a une odeur, puis, quand les enfants grandissent, l'odeur se perd. Le sommeil adulte n'a plus aucune odeur. Peut-être l'odeur n'advient-elle que lorsque le dormeur s'abandonne totalement. L'adulte conserve de la méfiance jusque dans son sommeil, il reste sur la défensive, ne lâche jamais, même quand il est profondément endormi. L'enfant, lui, lâche tout, tout de suite et s'en remet à la bienveillante ronde du kaléidoscope de la veilleuse où passent en boucle des grenouilles et des nénuphars.

Je m'assois au bord du lit, me penche sur le front de mon enfant et écarte doucement la mèche qui lui tombe en travers des yeux. Je le regarde quelque temps, je voudrais moi aussi m'abîmer dans l'abandon, moi aussi glisser dans la spirale, où diable le sommeil des enfants peut-il puiser une telle confiance ? Je l'envie, je voudrais m'allonger auprès de lui, à mon tour tout abandonner au seuil de l'endormissement comme on laisserait chaussures et sandales devant une porte. Je ne le fais pas. Chacun son âge, chacun sa place. La mienne est au bord des choses, à l'état de veille, dans la défiance et la distance. La sienne est au cœur des choses, là où l'on ne voit rien, là où l'on ne se défie de rien, parmi l'abandon et le songe. Je quitte la chambre en refermant la porte, tenant encore mes chaussures à la main pour ne pas faire de bruit. Quand j'entre dans la chambre conjugale, je vois que mon mari ne dort toujours pas.

Comme prévu, il ne me demande pas d'où je viens et je ne le lui dis pas non plus.

Il me dit simplement Tu rentres bien tard. À quoi je réponds tout aussi simplement Tu sais bien, je t'avais dit de ne pas m'attendre.

Les scènes cruelles devant le miroir peuvent avoir lieu dès l'enfance. Le plus souvent elles ne naissent pas du dépit que pourrait raisonnablement susciter notre reflet.

C'est mon premier vêtement, le premier dont j'ai conscience qu'il m'appartient en propre. Une robe. Une robe d'abord rêvée, puis promise et enfin portée.

Avant la chose il y a eu le mot.

Comme mot qui ressemblait je ne connaissais que Bulle.

— C'est du tulle, a dit ma mère chez la couturière.

Tout de suite le mot m'a plu. Tulle. Une syllabe solitaire. Une seule mais qui sonne. Avec de l'air dedans, du souffle. Du genre qui ne demande pas son reste, comme les bulles qui font ce qu'elles veulent, dans la direction qu'elles veulent et même meurent si elles le veulent, alors qu'on en redemande encore un peu de leur miracle éphémère qui tremble dans une apesanteur irisée.

La robe, je l'aimais déjà quand elle n'était pas encore à l'état de robe, pendant les séances d'essayage chez la couturière. L'habit provisoire alors ne faisait que m'effleurer, rien n'était encore cousu, un trou noir béait le long des côtes en lieu et place de la fermeture éclair qui n'était pas encore posée, les ourlets n'étaient pas finis, seulement piqués de grossiers points au fil blanc, la couturière disait Faufilé. En tout il y a eu deux séances. L'une pour prendre les mesures, l'autre pour essayer la robe alors qu'elle n'était pas encore finie.

Aujourd'hui ce n'est plus une séance d'essayage. C'est ma robe pour de vrai et c'est mon corps pour de bon qui est à l'intérieur. Mon corps qui remplit la robe, moi qui n'ai jusqu'alors rempli que bien peu de choses avec mon corps maigre de chat de gouttière. À un moment les choses doivent commencer. Pour moi c'est maintenant. Avant de monter me planter devant la glace de la chambre des parents, je me suis lavé les mains, du tulle blanc, c'est délicat, je n'allais pas le salir du premier coup. Les enfants ont les mains collantes même quand ils ont fini de se les laver, dit toujours ma mère. D'habitude je m'en fiche de ce qu'elle dit, plus elle me répète, moins j'écoute, cette fois il s'agit de ne pas souiller une étoffe que je tiens pour religieuse. J'ai retenu la leçon, j'ai pris soin de bien faire mousser le savon et de faire couler beaucoup d'eau au lavabo.

J'ouvre l'emballage de papier de soie blanc. Le froissement du papier fin presque translucide me fait courir une première salve de chair de poule sur les bras. Dès que j'ai fini d'enlever le papier, elle me saute à la figure, la giboulée, blancheur et mousse. Même avec des mains que j'ai frottées longuement sous l'eau du lavabo, je n'ose pas toucher. La couleur et la matière, les deux ensemble intimident. Et puis les premières fois tout est toujours grave, pour d'autres choses c'est pareil.

Je me lance et sors entièrement la robe de son papier de soie, le bruit du frottement de l'une contre l'autre, on dirait que ça crépite, ça donne chaud aux mains, ce bruit, ou alors mon corps veut m'avertir de ne pas continuer. Un sacrilège, mes doigts sur le tissu blanc, des pas dans un champ de neige, peut-être la robe, je dois seulement désirer l'avoir, pas l'avoir. Trop tard. Je l'ai. Je la tire d'abord par les épaules puis la tiens à bout de bras pour l'examiner une dernière fois avant de l'essayer. Rien à redire, les coutures sont faites, ourlet, taille, emmanchures, elles y sont toutes. Elle est si blanche et si neuve que je veux d'abord la remettre dans le papier. Peut-être ne suis-je pas encore assez grande pour affronter seule un moment pareil, la solennité fait comme une corde autour d'un périmètre interdit. Cette fois je me lance pour de bon, me déshabille et jette en boule mon short et mon tee-shirt par terre, je garde seulement ma petite culotte et enfile la robe à même la peau par la tête d'un seul coup.

Ça glisse prodigieusement, le tissu sur la tête, le torse, le ventre, ça descend, la fermeture éclair le long des côtes, un frisson en descente, la vie devrait toujours être comme ça, que tout glisse toujours prodigieusement et qu'il y ait toujours cette petite différence entre le frais du tissu et la moiteur de la peau, cette légère différence qui donne chaud à la tête. La robe me fait comme si je n'avais jamais existé avant elle. C'est la première fois que c'est vraiment moi. Moi et personne d'autre qui remplis la robe, la ressens et la juge. Moi et personne d'autre.

Comme je suis seule devant le miroir je peux prendre tout le temps que je veux pour me regarder sous tous les angles. Je peux rester une heure si ça me chante, personne dans les parages pour me presser, Tourne-toi par là, Bouge plus, Tiens-toi droite. La différence de chaleur entre le tissu frais de la robe et la moiteur de ma peau, j'ai déjà eu cette sensation chez la couturière lors du premier essayage, je m'en souviens mais comme je n'étais pas seule, je n'ai pas pu la sentir comme j'aurais voulu, elles étaient toutes là à se presser autour de moi, ma mère, ma sœur, la couturière, les trois ensemble, quand elles s'y mettent.

Ce n'est pas seulement parce qu'on est en

juin que j'ai chaud, c'est aussi parce que j'ai trop envie d'essayer la robe, le chaud me descend le long du ventre et des jambes, un fluide épais et lent me dilate l'intérieur, la tiédeur et la lenteur du plaisir. La robe bâille légèrement sur ma peau couverte d'une pellicule de sueur, un trou entrouvert par où se glisse l'infime frémissement d'été, ça me balance de la chair de poule et du chaud en même temps. Quand j'ai passé la robe par la tête ça m'a fait un peu d'électricité dans les cheveux, ils ont décollé du crâne et pendant une seconde ils ont voleté en l'air, des petits anges, puis sont retombés à plat comme avant. La fermeture plaquée le long des côtes me fait froid sur la peau tiède, le bruit glacial de la petite languette de métal que je tire d'un coup sec pour la remonter jusqu'en haut me plaît, la tentation d'essayer encore une fois, allez je le fais, une seule fois encore, mais une seule promis, vite je la descends et la remonte, ça glisse toujours sur les côtes, là où l'espace entre le corps et le tissu, l'entrebâillement, me fait frémir comme du lait sur le point de bouillir, une pellicule de tremblote sur la surface blanche tandis que sur les bords de la casserole ça commence déjà à brunir. Comme je ne porte rien dessous, la robe glisse encore plus, l'été est la saison pour les peaux nues, les insectes et les plaisirs minuscules qui se nichent dans tous les entrebâillements qu'ils peuvent trouver sur leur route. En remontant pour la seconde fois la fermeture j'ai failli me coincer un petit bout de peau, allez, j'arrête, la remonter encore une fois j'en crève d'envie, mieux vaut pas, l'intuition d'un désastre, elle pourrait rester coincée pour de bon et c'en serait fini de la religion.

On se voit bien dans cette glace. De haut en bas. Pour se voir, c'est le meilleur endroit de toute la maison, je l'ai bien choisi. La robe est encore mieux que ce que j'ai pu imaginer. Elle est blanche avec de petites roses rouges imprimées dessus, elle s'évase après la taille comme une robe de bal mais en plus courte. La couturière était à mes pieds lors des séances d'essayage, elle avait des épingles plantées dans un bracelet tout mou à son poignet, à genoux sur le parquet elle plaçait ses épingles pour délimiter la longueur de la robe.

— Il faudra la doubler, elle est transparente, a dit ma mère.

— Bien sûr, a répondu la couturière. Mais quand il n'y aura plus que ça à faire... Fais voir un peu, tourne-toi. Oui, c'est bien, cette longueur, qu'en pensez-vous ?

Deux fois il avait fallu aller la voir, la couturière, la deuxième a été ma séance préférée, la robe était presque finie mais au lieu des vraies coutures c'étaient des fausses, des grossières avec de grands points de fil blanc et il n'y avait pas encore de fermeture éclair. À la place il y avait un trou noir par où béait la peau des côtes.

Puis était venu le temps tenace de l'attente. Un temps qui dure ce que durent les supplices.

— Elle est bientôt finie ma robe ? je demandais.

— Elle sera prête samedi, j'irai la chercher, ma mère répondait.

Le samedi n'arrivait jamais. Aucun enfant n'a pour qualité la patience ou alors ce n'est pas un enfant. Enfin le fameux samedi a fini par arriver. Ma mère a rapporté la robe à la maison. Elle était emballée dans du papier de soie. On l'essaiera ce soir. T'as qu'à croire qu'on l'essaiera ce soir, je voulais l'essayer tout de suite, les parents avaient la manie de vouloir toujours tout reporter à plus tard. Le temps de l'enfance est un temps court, un présent ardent, le présent le plus présent qui soit, ils n'en connaissent pas d'autre, celui des adultes est un futur de trou noir, dans lequel aucun enfant ne peut se projeter. Ce temps où les adultes veulent faire patienter leurs enfants est mou, du chewing-gum, c'est toujours : Plus tard, on verra, on en reparle, si vague que peut-être même il n'existe pas. Une bande de temps gris approximatif dans lequel ils fourrent toutes les envies les plus pressantes de leurs enfants, juste pour leur dire non plus tard, mais que serait le désir plus tard, quelle tête aurait une envie ajournée, sans cesse reportée, le désir ne pourrait jamais être aussi brûlant que maintenant tout de suite dans l'instant même, c'est là qu'il se consume le mieux, cette bande grise de temps où ils relèguent tout en permanence est une tourbe, une matière incombustible où rien ne prend, nul désir, nulle envie. Mais j'ai pas de temps à perdre avec ce genre de débat oiseux sur le temps des uns qui n'est pas celui des autres, tout ce que je veux, c'est essayer la robe tout de suite. Pas ce soir pas demain pas quand on verra. Tout de suite.

C'était simple, il a suffi de désobéir. Profiter de l'absence de ma mère, prendre le paquet avec la robe et monter avec dans la chambre vide des parents. Et se poster devant le meilleur miroir qui soit, là où on peut le mieux se voir de toute la maison. On ne le sait pas assez, mais la désobéissance est souvent la meilleure des solutions.

La couturière a tenu sa promesse, elle a doublé la robe. Mais la doublure est presque invisible, la giboulée c'est le tulle, rien que le tulle. La température du tissu et celle de ma peau sont maintenant les mêmes, on ne sait pas qui s'est habitué à qui, la peau à la robe ou la robe à la peau, en tout cas la chair de poule s'est arrêtée de courir sur les bras et les jambes. En parlant des manches, la couturière a dit Manches ballons. Pour voir, je tire sur l'élastique, les manches se remettent aussitôt à leur place, comment elle a fait pour les coudre en forme de ballon, je me demande, c'est une magicienne ou quoi ? Les roses du tissu sont du même rouge que la trace de mercurochrome que j'ai au genou. J'essaie une moue pour être plus grande, une moue que je voudrais de dédain, je ne souris pas, durcis mon expression, lève le menton.

Je suis grande maintenant.

Tu es une grande maintenant, ils le disent tous.

J'en suis pas si sûre, mais je dis rien.

S'ils le disent, après tout.

Si être grande signifie porter des robes qui font chaud entre les jambes je veux bien grandir tous les jours. Elle a raison, Else, d'en avoir marre d'être petite et d'avoir hâte que ça vienne, la grandeur.

Sur la coiffeuse de la chambre les objets sont bien rangés, côte à côte, peigne, brosse à cheveux et petits ciseaux à ongles. La vue des ciseaux me fait voir un éclair avec la robe cisaillée en plein dedans, un trou au beau milieu, une déchirure de haut en bas, une vision insoutenable, encore heureux elle ne dure pas. Je défais l'élastique qui noue mes cheveux, ils me tombent sur l'épaule, je refais une moue qui va bien avec la nouvelle coiffure, c'est du moins comme ça que je vois les choses.

La robe tombe bien.

Elle a eu raison ma mère de dire Elle tombe bien lors du dernier essayage, quand il n'y avait encore que des épingles et pas encore de fermeture éclair.

Elle tombe bien.

Drôle d'expression pour dire qu'elle va bien.

Tomber amoureuse tu tombes bien tu tombes mal tombe la neige la robe tombe bien.

Les occasions d'être satisfait de soi, mais alors ce qui s'appelle satisfait de soi, sont rares, mes parents disent. J'ai beau chercher ce qui va pas, je trouve pas, la robe, on peut pas mieux dire, elle tombe bien. Je tourne maintenant sur moi-même, le volant au bas virevolte, je recommence, aucun risque, ça ne peut pas se casser, tout est bien cousu ensemble. Puis je me remets immobile. Si seulement Else pouvait me voir! Oh et puis non, elle se ficherait de moi. C'est quoi ce déguisement? qu'elle me dirait. Je pense à ça une fraction de seconde, mais ça suffit, les choses ne sont plus tout à fait comme il y a une minute. Ce qui s'est passé j'en sais rien, je me trouve moins belle avec la robe, c'est tout. Peut-être même j'ai l'air cruche. Qui sait, je l'aime seulement parce qu'elle est nouvelle sur ma peau, et si je la porte souvent, peut-être qu'au bout de la cinquième fois elle me fera pas plus d'effet que la bleue qui me pend jusqu'aux genoux ou mon short rayé que je me trimballe tous les jours des grandes vacances. Jamais je ne pourrai autant l'aimer que quand elle était encore chez la couturière, que je l'attendais comme pas possible, que je l'imaginais sur moi, le tissu, les volants, la première fois que je la porterais devant les autres comment ça allait être. Bientôt mes épaules mon ventre et mes cuisses vont s'habituer au tulle, ils ne vont plus rien sentir du froid du tiède et du doux, bientôt la robe ne va plus me faire aucun effet. Je l'enfilerai comme mon short rose ou ma robe bleue. Bientôt je n'aurai plus rien à désirer.

Quelque chose est cassé et ne se remettra pas, quelque chose mais quoi a tout fichu en l'air, soudain j'agrippe fermement le bas de ma robe de la main gauche, le soulève et le porte à ma bouche en le serrant bien entre les dents, et de ma main droite tire d'un coup sec sur le tissu de toutes mes forces à l'endroit des coutures de la taille, si le tissu pouvait crier il crierait de douleur, les points de couture lâchent les uns après les autres, les catas c'est toujours en série, on entend le cri en saccade de la déchirure, un énorme trou taille sa route on voit la peau à travers, ça me suffit pas, je tire encore plus fort, la doublure y passe, je tire encore un bon coup, ça y est, y a plus que de la charpie. Ma cruauté est repue quand la petite culotte apparaît à travers le désastre. Je lâche le tissu et me précipite hors de la chambre.

Ma bouche s'arrondit dans un cri si aigu qu'il pourrait être celui de la douleur du tissu. L'étendue des dégâts sur la robe n'est pas ce qui me fait hurler le plus fort, il est donc possible de dévaster ce qu'on a de plus cher. Je n'ai rien prémédité, un courant contraire, c'est monté très vite et une fois que c'était là, je pouvais plus lutter, ça pouvait pas attendre même pas une seconde. Pourquoi j'ai fait ça? Pour toute réponse, ma bouche arrondie en un cri qui a mis un petit temps à sortir, mais quand il est sorti il a lacéré le silence de la maison plongée dans la torpeur de l'après-midi et il a grimpé au plafond et a tout de suite excédé le volume du palier de l'étage, puis l'écho s'est répandu jusqu'au bas de l'escalier.

D'habitude je crie comme ça quand je vois une araignée.

Dévaster ce qu'on a de plus cher peut donner beaucoup de joie, une de ces joies mauvaises et vibrantes qui nous comblent pendant un bref moment. Cet acharnement à détruire peut concerner les objets autant que les êtres. Cette attitude ne m'est pas propre, je l'ai observée à maintes reprises chez nombre de mes congénères.

De tout temps les apprentis ont exercé une fascination sur moi. J'ai souvent été servie par eux, non seulement en viande, en coupes de cheveux ou en joints de culasse, mais aussi en expériences humaines. Que ce soit à la boucherie, chez le coiffeur ou au garage, j'ai toujours été intimidée par un mélange de gaucherie et de concentration qui peut parfois se dissimuler sous une sorte d'arrogance. Les audacieux n'ont pas le monopole de l'assurance, les timides aussi peuvent en avoir et comment.

On est trois à la table du restaurant d'un lycée hôtelier, servis par une apprentie. Ici les élèves ont le choix entre Cuisine ou Service. La jeune fille a opté pour Service.

Elle apparaît pour la première fois devant notre table. Grande, charpentée, les cheveux noirs au carré, ni belle ni moche, le teint un peu fort, les joues piquetées de points rouge sombre comme de petites baies violettes. L'allure générale, le maintien dénotent une certaine gaucherie, la fille n'aime pas être là où elle est, on le voit tout de suite. Le corps voudrait être ailleurs, il n'a rien demandé à personne et maintenant il se retrouve dans un endroit où il n'a pas souhaité être, il voudrait regimber, ne le peut, mais nous montre, à sa façon, qu'il n'est pas à sa place. À la voir sans la connaître, on se fait l'idée d'une fille élevée à la campagne, mais peut-être qu'elle vient d'une famille de la classe moyenne en ville, une famille où tous les enfants ont fait des IUT ou des écoles d'informatique et de gestion, sauf elle. Son visage demeure fermé, nulle esquisse de sourire, pas la moindre volonté de lier contact encore moins de plaire n'affleure dans ses yeux ou sur sa bouche, la fille est toute à son affaire, c'est déjà bien. Elle doit se concentrer pour apprendre son métier, on ne peut pas en même temps lui demander de sourire. Le superflu, on verra plus tard quand elle aura fini d'apprendre.

Un peu en retrait, mais ne perdant pas une

miette si l'on peut dire du service, sa maîtresse de stage s'en charge, du sourire. Et aussi d'annoncer aux convives sur un ton légèrement au-dessus de ce qui suffirait En entrée, petite terrine de lapin aux noisettes. Elle n'a pas l'air si à son aise elle non plus, du coup nous mangeons tous les trois de façon un peu empruntée. Par exemple spontanément on arrête la conversation quand elles sont dans les parages derrière nos chaises.

L'apprentie se place derrière chacun de nous trois, se penche raisonnablement sur nos assiettes et nous sert à chacun une tranche de pâté avec une feuille de salade et un cornichon. La terrine n'est pas si petite, mais a, il est vrai, un léger goût de noisette. La fille tient bien les deux fourchettes et coince le morceau de lapin entre les deux. Tout se déroule pour le mieux. Au bout d'un petit moment, la maîtresse annonce Gratin de chou-fleur et son filet mignon. Il n'y a pas que les rois alors qui auraient leur mignon, glisse un convive. On étouffe un rire, mais la voilà déjà derrière nous, l'apprentie. Elle apporte le plat avec la viande en sauce et s'apprête à renouveler le même geste que celui qu'elle avait réussi avec la terrine. Elle ne sourit toujours pas, sa bouche reste fermée. Encore une fois celle de la maîtresse de stage s'ouvre seule sur un assez large sourire. Comme nous ne sommes que trois à une table de quatre, la quatrième chaise est libre, j'y ai posé mon sac à main. L'apprentie semble plus tendue pour le filet mignon que pour la terrine, on se demande pourquoi. Peut-être à cause de la sauce. On a peur pour elle, peut-être elle n'y arrivera pas. Pourtant elle tient bien le plat, le coince entre ses doigts et sert le premier convive, tout se passe à nouveau sans encombre, pour le second, elle semble même prendre de l'assurance. Quand arrive mon tour, on sent à nouveau que quelque chose ne va pas, on retient son souffle, elle va flancher, c'est sûr, la proximité d'un désastre, on est des animaux, on le sent. Je le perçois dans mon dos, une scène muette a lieu derrière moi, l'apprentie a perdu confiance, l'hésitation, une seconde de trop pour la réussite, l'échec est une question de seconde, la seconde d'avant on aurait réussi. Mon sac à main sur la chaise est flambant neuf, posé à côté de moi comme si je l'avais placé délibérément là pour faire douter l'apprentie, c'est possible que ce seul élément, ce sac à main neuf placé sur une chaise vide, l'ait perturbée dans son service. Mais la voilà qui se lance, elle approche le plat, on dirait qu'elle tremble, mais non, elle le tient fermement. Elle me frôle quasiment tant elle est près, je peux sentir à côté de moi la masse de son grand corps, les bras blancs, l'épaule, la gorge, le carré de cheveux noirs. De l'autre côté la maîtresse de stage a eu peur elle aussi mais n'en laisse rien voir, on est professionnel oui ou non. L'apprentie a réussi, je respire plus à mon aise, la prof aussi et même le sac à main neuf on dirait. Quand on a fini de manger le plat principal, l'apprentie revient, sa démarche est lourde et son air toujours obtus, tout son être est fermé peut-être à cause de l'épaisseur des murs de la ferme ou de la proximité des bêtes qu'elle entendait remuer dans l'étable, ou peut-être à cause des frères et sœurs qui ont tous fait des IUT ou des brevets d'informatique et gestion, que peut-on savoir de l'influence souterraine des fratries ? Elle se déplace lourdement, ses pas sont lents, on ne sait pas si elle est contente d'être là, on dirait que non. Elle ramasse le plat où il ne reste plus que la sauce, c'est bientôt fini, encore un petit effort, il n'y a plus que le dessert. Et soudain c'est là que ça se passe, le plat lui glisse des mains, il est encore plein de sauce qui maintenant inonde le sac à main en cuir tout neuf. Une sauce brune et grasse coule lentement le long du cuir marron. Ton sur ton. La fille ne dit rien, pas pardon, rien. Elle ramasse vite fait le plat et prend le torchon afin de nettoyer le sac mais déjà la prof accourt, alors elle quitte la table, la démarche encore plus lourde et le visage et la bouche plus fermés encore. La prof ne lui fait pas de réflexion, ce doit être le contrat d'apprentissage, elle lui parlera plus tard sans doute. Pas de reproche à la stagiaire mais des excuses aux convives. Elle demande ce qu'elle peut faire pour le sac. Ce n'est rien, je réponds, j'aurais volontiers ajouté C'est un vieux sac, mais je ne peux pas, tout le monde le voit bien, le sac est flambant neuf.

L'apprentie revient avec le dessert. On ne sait pas si elle a fait un gros effort pour revenir, si sa prof a dû l'encourager, mais toujours est-il qu'elle se tient maintenant devant la table, droite, assurant son service jusqu'au bout. Un certain sens de l'honneur, aller jusqu'au bout, quelles que soient les circonstances, les capitaines de navire doivent quitter le bateau après le dernier passager même s'ils veulent comme tout un chacun fiche le camp par la première chaloupe.

Tarte fine aux pommes avec sa crème normande, annonce maintenant la maîtresse de stage. Plus personne n'a peur, le malheur est passé, il ne passera plus. Chacun sa crème, même les sacs à main, murmure le convive, le même que celui qui a fait allusion aux mignons du roi, cette fois on rit franchement. L'apprentie pose les trois assiettes devant les convives ainsi que les trois petits pots de crème fraîche, d'un geste sûr elle tourne les assiettes, fait tout comme il faut de façon preste et assurée. Elle pose les cuillers directement dans le pot de crème, je ne sais pas si cela se fait, le savoir-vivre ne peut pas avoir réponse à tout, peu importe, elle veut en finir maintenant on dirait. Si elle fait une erreur, sa maîtresse encore une fois n'en laissera rien voir devant les convives, l'impassibilité est un métier.

Le repas est terminé et, comme on s'en doutait, il n'y a plus eu d'autre incident. Je me rends aux toilettes et me lave les mains à un grand lavabo collectif avec trois robinets, un savon jaune en forme de cylindre impudique planté à l'horizontale dans le mur et un grand miroir tout en longueur comme on en voit dans les collectivités. Soudain à travers la glace je vois arriver l'apprentie. Elle se poste à côté de moi, pas un regard pas un mot. Nos reflets sont côte à côte. Elle se lave soigneusement les mains en les frottant l'une contre l'autre, mais n'a pas un regard ni un mot pour celle dont elle a souillé le sac, la bouche demeure toujours fermée et les yeux baissés. Elle doit me reconnaître mais ne le montre pas.

Elle doit me détester, elle doit détester tous les gens qu'elle sert.

À sa place je ferais pareil. Personne ne devrait servir personne.

Nos reflets les plus cruels sont ceux qu'on entrevoit par hasard alors qu'on ne s'attend pas à les trouver dans notre champ de vision, alors qu'on regarde ailleurs et qu'on est soudain surpris par une image qu'on ne reconnaît pas immédiatement comme la sienne. On ne s'identifie pas au premier coup d'œil, le reflet est si intensément et si violemment nous-même qu'on le rejette, on refuse cette image si fidèle, saisie sur le vif, sans aucun préliminaire. Il nous faut un peu de temps pour nous habituer à nous-même. Ce qui souvent crée l'acceptation de notre reflet dans le miroir, c'est le temps qu'on aura pris au préalable pour se faire à l'idée de nous-même, de se préparer mentalement à être mis en face de notre reflet, attention je vais me voir je sais que je ressemble à ceci ou cela, je sais que c'est moi que je vais voir depuis le temps que je me vois je me connais, même si je me sais laid je suis préparé à ma laideur. Dans la surprise pendant une fraction de seconde on se voit exactement tel que les autres nous voient pour la première fois, sans préambule ni préjugés, et cette image, on la rejette d'abord violemment avant de la reconnaître et de se résigner à l'accepter à nouveau comme notre propre reflet.

J'entre dans une boutique à la mode. Un magasin de vêtements, du genre de ceux qu'on n'arrive pas à identifier du premier coup d'œil de l'extérieur. Ni même de l'intérieur, c'est un comble. S'agit-il d'un opticien ou d'un bar ? D'une pâtisserie ou d'une bijouterie ? Les religieuses sont des joyaux dans leurs écrins, les bouquets de fleurs des installations d'art contemporain. Avec ce genre de magasins, on ne peut jamais être vraiment sûr de l'endroit où on met les pieds, on dirait qu'ils ne veulent pas vraiment être ce qu'ils sont, des opticiens, des bars ou des pâtisseries, il faut qu'ils se décident, qu'ils assument leur enseigne. Les seuls qui n'ont jamais changé sont les garages, ils restent des garages avec leur demi-jour de cambouis, leur lumière grasse, leurs odeurs d'huile de vidange, leur pancarte rouge, or et noir à la typographie d'un autre temps, Huiles Vidam, Pneus Firestone, mais à l'heure des voitures propres que peut-on encore savoir de ce qui va advenir des garages. Peut-être bientôt va-t-on nous les remplacer par des cabinets d'implantologie. Les restaurants, eux, sont depuis longtemps devenus des cabinets de dentiste où les serveuses depuis belle lurette ne sont plus des serveuses mais des mannequins chlorotiques et sinueuses, demandez-leur ce que contient une sauce chasseur, elles diront sans s'excuser qu'elles ne savent pas, parce qu'il paraît naturel de ne pas connaître son métier, et si vraiment vous insistez elles vont en cuisine, maugréant derrière leur plateau en équilibre qu'elles vont se renseigner et voilà leur longue silhouette tout en noir qui donne un coup d'épaule et de mauvaise humeur dans la porte saloon, vous laissant dans l'expectative. La plupart du temps elles ne reviennent jamais. Du moins pas avec la réponse.

La vendeuse de la boutique dans laquelle j'entre est elle aussi pourvue d'une longue silhouette en noir, et comme cela ne se fait plus de dire bonjour quand on est une vendeuse d'un magasin de ce genre, elle ne dit pas bonjour, sourire, vous n'y pensez pas, vous vous croyez où, dans quel siècle, elle est au téléphone, arrimée à son portable, elle vous toise, tout de suite elle vous le fait comprendre, vous la dérangez, qui êtes-vous pour entrer impunément dans son temple, vous vous croyez où on n'entre pas ici comme dans un moulin. Elle est une artiste au cas où vous ne l'auriez pas remarqué. Il ne viendrait plus à l'idée de personne d'imaginer un artiste sans pose ni posture. Un artiste qui dirait je ne sais pas ce que je crée et je ne sais pas non plus pourquoi je le crée, non mais vous imaginez un peu.

Il n'y a jamais personne dans leur boutique, à ces vendeuses, et pourtant quand par miracle vous entrez, elles vous regardent de haut, vos bottes ne vont pas, le manteau est passé de mode et ce modèle de sac c'était bon pour l'hiver dernier, pas bonjour, rien, ou alors du bout des lèvres, elles sont en noir, perchées sur leurs talons pour lesquels on n'a pas encore trouvé d'adjectif, tant ils sont à l'avant-garde, quand ce type de talons aura un nom elles ne les porteront plus, elles en porteront d'autres dont le nom restera encore à trouver et ainsi de suite. Il n'y a personne dans leur boutique, personne et presque rien, quelques modèles sur un cintre et c'est déjà beaucoup. Parfois je ne comprends pas le monde dans lequel je vis, mais il faut bien que je m'en accommode, c'est mon époque, je n'ai pas d'autre issue que de composer avec elle. Il s'agit donc dans cette époque de se prendre pour un autre, pas seulement quand on est un artiste ou même un simple être humain, mais aussi quand on est un magasin ou un objet. Remarquez, je m'en contrefiche, du moment qu'on ne touche pas aux garages, qu'on les laisse être des garages, mais alors des vrais, je m'en contrefiche. Le jour où on s'attaquera aux garages, je verrai ce que je peux faire. En attendant je passe devant un portant et surprends un reflet dans un miroir, l'espace d'une seconde je me vois avec ses yeux à elle, la longue vendeuse en noir qui ne sourit pas et qui est au téléphone, oui elle a raison, le manteau est de la saison dernière, les bottes ne vont pas du tout, et le sac, n'en parlons pas.

À tout prendre j'aime encore mieux les vendeuses des grands magasins dans les allées, elles ont du métier elles se disent désolées si elles ne savent pas répondre à une question, expliquent la raison de leur ignorance et vont aussitôt se renseigner. Et la plupart du temps, elles reviennent peu après avec la réponse.

Les vendeuses des grands magasins sont debout derrière leur stand avec leur robe noire ou avec leur costume pantalon noir, elles attendent le chaland, parfois elles se laissent surprendre, un air las et découragé passe sur leur visage comme un nuage sur un ciel, alors sachant qu'elles sont découvertes, elle se refont une expression, elles se recomposent un air. D'un coup elles chassent la fatigue et la lassitude, il ne faut pas se laisser abattre, elles sont dans l'allée au vu et au su de tous, l'œil un peu trop charbonneux, le rouge à lèvres un peu trop luisant qui dépasse de leurs lèvres déjà légèrement décharnées. Elles l'ont maladroitement étendu ce matin devant le miroir de leur salle de bains car on les y a acculées, elles n'ont pas eu le temps de se maquiller convenablement, elles viennent de loin, trop fatiguées déjà, pas le temps, elles vont rater le train de 8 h 39, elles habitent en banlieue, on les a poussées, il faut mettre le paquet on a dû leur dire, alors le paquet elles l'ont mis, elles ont pris l'expression au pied de la lettre, du blush sur la pommette, une dose de rimmel sur les cils, du rouge sur les lèvres qui finissent par être gluantes. Peut-être même n'ont-elles pas le temps de le faire le matin devant le miroir de leur salle de bains car elles se lèvent trop tard, alors tant pis elles sortent leur trousse de maquillage dans le train, se brossent longuement les cils avec la brosse à mascara pour les faire rebiquer, oui devant de parfaits inconnus dans le train de banlieue qui bringuebale, la brosse à mascara devant tout le monde, ce geste qui incombe quasiment à la toilette intime, elles le font sur une banquette de train de banlieue au vu et au su de tous, avec un petit miroir de poche, puis elles s'appliquent du rouge sur la bouche, mettant la pulpe de leurs lèvres en avant comme pour un baiser devant tous les voyageurs qu'elles ne semblent pas voir, non elles ne vont quand même pas faire ça, tiens elles vont se gêner, le miroir dans une main, le tube ouvert dans l'autre, elles recouvrent la pulpe des lèvres d'une grosse couche de rouge, puis les passent l'une sur l'autre pour bien uniformiser la couleur, enfin elles se regardent encore une fois, la dernière, comme on se regarde dans la glace quand on est seul, se tournant de trois quarts et vérifiant qu'on est présentable. Elles le font devant le tout-venant, employés de bureau, lycéens, programmateurs en informatique, développeurs de projets, analystes financiers. Peu importe, elles sont à l'heure, pomponnées et sapées, le plus souvent en noir, pantalon ou jupe tailleur, les mains soignées et manucurées, quelques bijoux, dans les allées du rez-de-chaussée on se promène, un parfum indéfini flotte, un mélange patchouli vétiver lis, le parfum monte à la tête, met le cœur au bord des lèvres. L'une ou l'autre s'avance dans l'allée, vous propose un maquillage gratuit, je vous parfume, tend un échantillon. De temps en temps une voix d'aéroport se fait entendre au micro : Céline est demandée à la caisse 5, je répète Céline, Maquillage gratuit au stand Clinique laissez-vous séduire. Le sourire excède le rouge à lèvres. Ça doit leur flanquer la migraine, ce n'est pas sain de travailler au milieu de ces parfums, l'endroit n'est pas assez aéré, pas de fenêtres, pas d'air renouvelé. Elles vous posent une nuance de rouge sur le dos de la main, attendent votre verdict puis elles viennent avec un mouchoir en papier imbibé de lait démaquillant, vous tiennent la main et passent dessus le démaquillant, vous remarquez à nouveau leurs mains aux ongles vernis de rouge. Comment sont-elles le soir ces femmes quand elles rentrent chez elles, avec leurs enfants, leurs maris, est-ce qu'elles se démaquillent tout de suite, font valdinguer leurs chaussures serrées et leurs fringues cintrées, enfilent leurs chaussons et leur jogging, enlèvent leurs lentilles et mettent leurs grosses lunettes, ou attendent-elles l'heure de la douceur comme moi pour faire leur toilette devant la glace, comment sont-elles quand elles touchent la main de leur enfant, est-ce que leur main porte encore du vernis rouge, et avec leurs petits-enfants comment sont-elles, passent-elles la main dans leurs cheveux, comment sont-elles ces femmes quand elles font un clafoutis aux poires, qu'elles épluchent une poire, qu'avec le couteau elles pèlent la peau jaune et qu'ensuite le jus dégouline sur leurs doigts ? Finalement, entre les vendeuses des grands magasins et la femme au foyer qui prépare un gâteau le soir et dont tout le monde pense qu'elle s'ennuie, il n'y a pas tant de différence sauf qu'aux premières tout le monde demande Ça va ? Tu n'es pas trop stressée aujourd'hui ? Mais je me fourvoie, j'étais seulement entrée dans une boutique à la mode, pourquoi éprouver le besoin de parler des vendeuses des grands magasins, peut-être parce que ça n'a jamais été fait, du moins pas dans ce siècle qui ne leur a jamais prêté attention, mais je m'égare, où en étais-je ? la douceur est une impasse.

Toute une partie de sa vie, on veut ressembler à quelqu'un d'autre. Cette personne s'appelle alors un modèle. On ne veut pas être soi parce qu'on ne sait encore rien de soi, et même le voudrait-on, ce ne serait pas possible. L'invention de soi n'a pas encore eu lieu, elle demande de la maturation. En attendant d'être soi, on veut être l'autre. Le modèle.

Moi, mon modèle, c'était Else pendant toute une partie de ma vie, enfance et adolescence. Elle avait deux ans de plus que moi, je voulais lui ressembler en tout, mais ce que je convoitais le plus, c'étaient ses défauts.

Else a toujours eu de l'ascendant sur moi. Ça avait commencé avec les arbres, on était encore petites.

Regarde comment je fais, elle m'a dit, et moi j'ai fait pareil.

Ce qu'Else m'avait fait découvrir était si vertigineux qu'une vie entière ne suffirait pas à ma reconnaissance.

On va dans la forêt. Else a son coin.

Je connais un coin, qu'elle dit chaque fois.

Le mot Coin dans sa bouche est un signal, ça veut dire qu'on va faire quelque chose d'interdit ou du moins de clandestin.

Il faut marcher. Elle connaît le chemin, je sais pas comment, au début on reste sur le sentier ensuite elle connaît, on ne peut pas comprendre comment elle est Else, elle ne se perd jamais, elle est comme chez elle dans les sous-bois qui se ressemblent tous, elle trouve son chemin dans les ronces pleines de mûres, les branches en travers il faut les écarter avec soin, sinon c'est le boomerang, elles surgissent, c'est un surgissement à chaque pas, une jungle, la forêt est un surgissement et un bruissement, une cage verte pleine de craquements, de griffures, rayures, un pas devant l'autre, on progresse seulement si les obstacles on sait en faire des alliés, les feuilles crissent sous les pas, ça fait un beau bruit, inquiétant mais beau, rien n'est tranquille dans la forêt, on pense à la paix mais c'est la guerre, la forêt la guerre, tellement la vie y est cachée, terrée, pour vivre heureux vivons cachés, une devise de guerre, la forêt, quand on passe, cent mille petits animaux de rien, planquez-vous, les voilà qui passent, les deux, ou si c'est tranquille c'est un piège, une feinte pour qu'on les laisse tranquilles, pour qu'on trace notre route sans les voir, en réalité cent mille paires de petits yeux nous observent, cent mille tentacules infimes, antennes, pattes, des branches en travers encore, mais continuer de marcher, marcher, vers le plus profond des bois, là où la forêt fabrique du secret vert en pagaille.

Else sait où c'est. Elle connaît son affaire. Il suffit de regarder ses baskets, ses pas, ses chevilles, ils savent où c'est, est-ce qu'elle aussi trouve que la forêt craque de plus en plus, on ne voudrait dormir ici pour rien au monde, même pas une seule nuit, entouré de ce silence plein de bruit, de ce silence habité, remué, c'est ça qui fait peur ce faux silence, on croit que c'est silencieux mais c'est bruyant. On croit que c'est immobile mais ça bouge, le petit peuple de la forêt ne survit que grâce à la feinte, on s'enfonce dans le faux silence et la fausse immobilité, on ne sait jamais qui nous regarde et d'où il nous regarde, on ne voit rien ni personne et pourtant on est épié en permanence. Seulement suivre Else, seulement avoir l'œil sur ses chevilles, ses mollets, ses chaussures de tennis, avec elle il arrivera rien.

Ça y est, elle s'arrête, on est enfin dans son coin. Elle se dirige droit vers un arbre, je sais pas comment ça s'appelle les arbres comme ça, une écorce gris-blanc, épaisse, labourée, de la peau d'éléphant on dirait, parcourue de larges crevasses, sillonnée de haut en bas. J'ai levé les yeux au ciel pour voir jusqu'où il allait l'arbre, ça m'a flanqué le tournis juste un peu, assez pour que je revienne au plancher des vaches par le regard. Else envoie valdinguer son gilet à terre puis s'enroule autour de l'arbre, ses bras, ses jambes, elle l'enlace. Puis elle ferme les yeux, ça dure longtemps et moi je regarde tout. Je comprends pas ce qu'elle fabrique. Elle bouge pas, ça dure longtemps, peut-être six minutes, j'ai pas compté. Elle colle sa bouche contre l'écorce rugueuse, puis elle incline la tête, les yeux toujours fermés et la bouche toujours collée contre la peau d'éléphant. Elle respire de plus en plus vite, elle fait du bruit en respirant, je sens que je dois pas la déranger. Je comprends pas ce qu'elle fait, mais je sais que c'est important que je la dérange pas. Parfois on n'a pas besoin de comprendre, on sait quand même. Tout d'un coup elle s'arrête, sa respiration met du temps à redevenir normale, elle a l'air crevée, essoufflée comme une vieille trapéziste mais en même temps elle a l'air le contraire, je sais pas comment, plus jeune qu'elle n'est, détendue et dilatée, je l'ai jamais vue comme ça. Elle se penche et ramasse son gilet qu'elle a balancé à terre.

— Voilà, à toi maintenant.

À moi quoi ? Je sais pas ce qu'il faut faire, je comprends pas pourquoi Else s'enroule autour de l'arbre, je comprends pas ce qui la crève comme ça et l'essouffle et en même temps la détend et la dilate, la rend toute molle.

On peut toujours s'accrocher pour qu'Else livre le moindre mode d'emploi. Elle explique jamais rien, Else, elle fait et c'est tout. C'est ça que je voudrais lui attraper plus que tout, moi j'explique toujours tout.

Donc j'ai qu'à faire pareil qu'elle. À mon tour je jette mon gilet par terre et je m'enroule autour de l'arbre, les yeux fermés et les cuisses arrimées autour du tronc. Peu de temps après je sens que ça infuse, l'arbre m'envoie une salve de poison à plaisir qui se distille en une fraction de seconde dans tout le corps. Quand je pose le pied à terre, moi aussi j'ai l'intérieur tout dilaté. On dirait qu'on a ouvert la porte de mon intérieur et qu'on y a mis un ascenseur dedans, qui vous propulse dans de l'éternité.

Quand je remets les pieds par terre, Else se fiche de moi.

— Tu vois, tu voulais pas me croire...

Le soir, quand je prends ma douche, je me regarde devant la glace de la salle de bains, mon corps m'est poussé comme un printemps. Je surveille les seins en particulier. Ils sont sortis presque en une nuit exactement comme les printemps. Sans Else comment aurais-je pu savoir que mon corps recelait un stock d'éternité ? Qu'un frottement contre un arbre suffisait à envoyer une décharge de joie pure jusque dans le moindre interstice de mon être. Rien que de penser à ce qu'on a fait avec l'arbre Else et moi, ça me le refait, en un éclair une onde d'infini me perfore le bas-ventre et m'irradie ensuite tout le corps.

Avec Else on ne va pas seulement aux arbres, on va aussi à la balançoire. Il y en a une derrière sa maison, après la piscine en plastique bleue. La piscine d'Else, elle est juste à côté du cimetière. Quand on se baigne on crie, on éclabousse, on sait pas ce que pensent les morts de notre chahut, peut-être ils aiment bien, ça leur fait un peu de vie, qu'elle dit Else. Juste derrière la piscine, il y a la balançoire. C'est le père d'Else qui l'a bricolée, une chaîne qu'il a accrochée à la va-comme-je-te-pousse à une barre, et en lieu et place du siège, un pneu. Un pneu tout noir et gonflé. En été quand on s'assoit dessus, nos fesses le sentent passer. Normal, c'est l'été.

Comme avec l'arbre, Else m'a montré pour la balançoire.

Au début on se balance, on pousse l'autre dans le dos pour la faire décoller et la faire monter de plus en plus haut dans le ciel. La terre, le ciel, la terre puis à nouveau le ciel, sept fois comme ça et on sait plus comment on s'appelle. Parfois je pousse si fort dans le dos d'Else que j'ai peur qu'elle tombe et qu'elle se ratatine de l'autre côté de la barre. J'arrête, me mets accroupie en bas de l'arbre et la regarde voltiger dans les airs, quand elle est en robe on lui voit la petite culotte. Elle lance des cris aigus de petite souris et des paroles que je ne comprends pas, la balançoire en emporte une sur deux, il y a celles qui restent en haut dans les airs et les feuillages et celles qui restent en bas, les seules que je comprenne, j'essaie de déchiffrer ce qui manque, la partie de la phrase restée en haut avec juste la moitié de la phrase entendue en bas. Et puis aussi quand on est en haut, on voit les morts par-dessus la haie de thuyas, leurs croix alignées. Quand on est en bas, on les voit pas à cause de la haie. Else, ça lui donne le tournis d'aller si haut là où on voit les morts. Mais ce qu'elle préfère c'est entortiller la chaîne le plus possible, qu'il lui reste juste un petit espace pour s'asseoir sur le pneu tellement la chaîne est torsadée de haut en bas. Quand la chaîne se désentortille, le pneu tourne très très vite et Else revient de cette séance complètement sonnée, comme si elle était ivre. Quand elle se lève de là-dessus, elle rit, titube T'es où t'es où ? Oh purée ça m'a flanqué un de ces tournis.

Un jour, elle me demande de venir m'asseoir près d'elle sur le pneu. Elle y est assise sans rien faire, elle se balance juste un peu avec ses pieds tout doucement.

C'est pour une personne, le pneu, pas deux, alors on se pousse, on se serre.

— Ferme les yeux, elle me dit.

À chaque fois qu'elle me dit ça, il va se passer quelque chose, je sais c'est comme dans les films.

— Tu sens le pneu ?

— Un peu que je le sens ! On crève de chaud là-dessus.

— Il faut que tu te concentres et que tu sentes aussi le contact à travers ton short. Il faut que tu te frottes.

Ça ne vient pas tout de suite.

— Ben y a rien, je lui fais.

— Attends tu vas voir. Ferme les yeux, concentre-toi.

Je fais tout comme elle me dit et au bout d'un moment ça vient. Un frisson de chaud injecté dans tout le corps, en une seule grande secousse l'infini me dilate, un affolement de vide me court dans les veines puis plus rien, ça s'arrête, le pouls redevient progressivement comme avant, ralentit, cœur, tempes, c'est fini. L'ascenseur, il dure que dix secondes.

Else saute en bas de la balançoire et se fiche de moi.

— Tu vois, je t'avais dit.

Elle me pousse un grand coup dans le dos et me voilà à me balancer dans les airs avec encore des restes d'éternité qui achèvent leur descente dans mes veines, entre terre et ciel, entre deux vides, aux pieds une béance de noir et sur la tête un infini de bleu.

Déjà la voilà partie dans l'herbe, me plantant là, vouée à l'immensité de mon vertige. Sans Else je n'aurais pas eu accès à ce temps au fond de mon corps, capable de me propulser en un instant dans l'éternité. Else m'a révélé des parcelles insoupçonnées de mon être, elle a agrandi mon territoire intérieur sur simple injonction de frottement à un pneu, une corde de gymnastique, un tronc d'arbre. Une vie entière ne suffira pas à ma reconnaissance.

Comment a-t-elle fait pour découvrir ça toute seule ? Peut-être la proximité des morts, qui sait, peut-être elle a été obligée de trouver ça avec la balançoire parce qu'elle s'approchait de plus en plus près d'eux. Quelqu'un d'autre lui avait-il montré à elle ou l'avait-elle trouvé toute seule ? Pas la peine de lui demander, elle ne répond pas à ce genre de questions. En tout cas, si elle a le pouvoir de me faire entrevoir des béances pareilles, elle en a sans doute encore d'autres en réserve, mais je n'en vois aucune qui en intensité peut égaler celle que recèlent les arbres de la forêt, les pneus des balançoires et les barreaux du préau.

Else, je voulais lui ressembler en tout. Avoir sa mèche, sa démarche, ses expressions et ses mots. Ce que je voulais, c'était attraper sa façon d'être au monde.

— Où tu vas ?
— Chez Else.
— Anne n'est pas là ?

Chaque fois c'est pareil, quand je dis à ma mère que je vais jouer chez Else, elle demande toujours si Anne n'est pas là avec un peu de dépit dans la voix. Comme si jouer avec Else était un pis-aller. Anne est ma seconde copine, elle habite à l'autre bout du village, à l'opposé d'Else. Si ma mère savait à quel point je préfère jouer avec Else et à quel point aussi je préfère le prénom. Il y a du citron dans celui d'Else, alors que dans celui d'Anne il n'y a que de l'eau claire et fade, c'est tout. Quand il y a dans les prénoms des choses acides comme dans la limonade, quand ça pique la langue, je préfère.

Je la connais, ma mère, c'est elle qui est déçue que j'aille chez Else, pas moi.

J'enfourche mon vélo et pédale jusque chez Else. Après le dernier lotissement de maisons Phénix, à côté du cimetière, une rangée de peupliers monte la garde devant une maison isolée en briques rouges. Pourtant y a rien à garder ici, devant chez Else, tout est soit cassé, soit inutile. Ou alors inachevé. Deux carcasses de voitures s'entassent là, auxquelles il manque des ailes, des toits, des roues. En comparaison, la moto a l'air flambant neuve, pourtant elle aussi est sacrément décatie. Plus loin une baignoire sabot en fonte rouillée étale une lèpre de vieilles plaques écaillées à côté de palettes en bois flanquées les unes sur les autres, détrempées et noircies par les pluies. La maison d'Else n'est ni moche ni belle, c'est un cube en briques rouges scellées de grossières jointures de ciment blanc. Depuis que je connais Else, la maison n'est toujours pas terminée, la couche de crépi on peut toujours l'attendre. Tant pis, on n'a qu'à penser que la maison des Adami est comme ça, pas finie, et puis c'est tout, pourquoi tout devrait-il toujours être fini dans la vie ? Je dis ça mais en vrai j'ai du mal à penser de cette façon, dans ma famille une maison pas finie, on attend qu'elle soit finie et jusqu'à la fin on la jugera comme telle, comme une maison pas finie.

Comme j'approche du domaine de mon

modèle, je développe des manières de penser différentes de celles de ma famille.

Chez les Adami, certains membres, les adultes, sont terminés, ils portent des prénoms normaux, Marlène, Daniel, les autres, ceux qui ne sont pas terminés, les enfants, portent tous des prénoms qui font voyager, Freddy, Dylan, Else, on ne sait pas où les vieux sont allés les chercher, ces prénoms, à l'autre bout du monde ou quoi ? Un jour j'ai demandé à Else, elle a répondu aussitôt :

— Dans les chansons.

J'aurais bien aimé moi aussi vivre toute une vie avec un prénom de chanson. Mes parents, eux, avaient ouvert un calendrier au moment où il avait fallu choisir, et voilà, j'avais attrapé pour la vie un nom de sainte.

Je sonne.

Comme d'habitude, c'est la mère qui vient ouvrir. Deux heures de l'après-midi et toujours en robe de chambre. Molletonnée bleu ciel. Personne n'est jamais vraiment habillé à l'intérieur de la maison d'Else. Du moins ce qui s'appelle être habillé. Le père est en marcel et la grand-mère en jogging violet à tissu mou. Un jour ma mère m'a demandé quel métier fait le père d'Else. J'ai dit Je sais pas, on parle pas de ça. En vrai je savais mais je voulais pas le dire. Pour le père d'Anne, elle m'aurait pas demandé.

Les Adami seniors sont toujours habillés pour l'intérieur, jamais pour l'extérieur. Ils fument beaucoup. Cigarette sur cigarette. Tous. Ils tirent dessus comme si leur vie en dépendait. Des roulées âcres et brunes pour le père, des menthol légères pour la mère et de longues américaines blondes pour la grand-mère, la classe internationale ! Seuls les enfants sortent souvent de la maison, les vieux, eux, ont l'air de se sentir bien à l'intérieur avec leur réserve de café, de bières et de cigarettes.

Sur le seuil de la porte d'entrée, en m'ouvrant, la mère inhale une grande bouffée de cigarette à bout filtré avant de me faire la bise puis souffle la fumée mentholée dans les airs. Je n'ai pas l'habitude. Chez moi on n'en fait pas, de bise. On ne fume pas non plus. À l'intérieur il y a toujours la télé qui est allumée, le père est attablé devant une tasse de café magique qui ne se vide jamais, en face sur la toile cirée la grand-mère à lunettes demi-lune et à jogging violet ne lève pas les yeux de son magazine où les stars sont toujours en vacances, certaines en bikini sur des yachts, d'autres en robe transparente dans des avenues bordées de palmiers, elles portent presque toutes des lunettes de soleil. Mais au fait, qui certifie à la grand-mère que ce sont bien elles, les vraies, sous leurs lunettes noires ? Ce sont peut-être leurs sosies et les photos n'auraient dès lors plus aucune valeur. Les stars sont presque toujours accompagnées d'hommes qui pilotent des hors-bord ou alors qui leur donnent la main sous l'allée de palmiers, le plus généralement ils sont eux aussi en maillot de bain, les photos sont sous-titrées de grosses légendes mais je ne peux pas les lire à l'envers. La grand-mère scrute avec soin chaque photo, s'attarde sur chaque hors-bord, chaque bikini, comme si elle jouait au jeu des sept erreurs. Dylan, le petit frère d'Else, est assis par terre avec sur lui seulement une couche-culotte, c'est l'été, les bébés on les envie, ils s'embarrassent pas avec des vêtements. Ses cuisses potelées font des étages. Il joue avec des cubes dépareillés et fait un bruit de moteur de camion en faisant avancer le cube avec sa main. Dis donc, t'en fais du boucan le marmot, on peut même pas entendre les infos, il dit le père. La grand-mère demeure impassible, indifférente à la vrombissante entreprise de camions de Dylan, elle continue de détailler les stars, blondes, brunes ou rousses, sans lever les yeux. Elle les dévisage toujours chacune longuement avant de passer à la double page suivante.

Ouste ! c'est l'heure, mon grand, au dodo ! La mère d'Else soulève Dylan d'une main leste et de l'autre elle place à nouveau sa cigarette entre les lèvres. Elle cale bien le bébé contre sa hanche et monte ainsi les escaliers, son bassin où elle a accroché Dylan légèrement en décalage. Le bébé couine un peu mais finit par se laisser faire. En montant la mère appelle : Else ! Else ! Ta copine est là !

Else apparaît alors en haut de l'escalier. Sa silhouette efflanquée de chat de gouttière jaillit d'un coup sur le palier. Elle est habillée d'un short et d'un tee-shirt. Une mèche en travers de la figure et ses cheveux bruns n'importe comment. Elle ne prend pas l'escalier, elle est comme ça, Else, elle préfère s'enrouler sur la rampe en bois, se laisser glisser d'une traite jusqu'en bas et hop ! d'un coup arriver devant vous. Y a qu'Else au monde qui sache vraiment bien faire ça. Quand elle saute au bas de la rampe, elle gonfle à la bouche une énorme bulle de Malabar rose, manière de dire bonjour. Pas un mot, rien, son salut, c'est la grosse bulle rose transparente qui finit par crever sur ses lèvres. Puis elle va décrocher son gilet à la patère du couloir et on sort toutes les deux, glorieuses. Autour de la tablée, rien n'a bougé. Le regard dans le lointain de la télé, le père en marcel continue de touiller son café et la grand-mère reste rivée aux nouvelles stars de la nouvelle page. Tout juste si elle lève un œil pardessus ses lunettes demi-lune pour nous lancer son Bye bye la jeunesse de sa vieille main fripée et incertaine, mais toujours élégante, baguée et peinte de vernis carmin.

Notre après-midi, à Else et à moi, peut commencer.

Else a le chic pour trouver les coins que les autres ne connaissent pas, où ils n'auraient pas idée qu'on ait envie d'aller.

Derrière le pré, c'est là son coin. Il y a une

caravane déglinguée plantée en plein dans la solitude d'une herbe jaune rabougrie par l'été, ça fait longtemps qu'elle est là, Else dit Ça fait un bail. Selon notre droit à nous, on a décrété qu'elle nous appartenait désormais.

Else y a mis de vieux tapis et de vieilles couvertures qu'elle a rapportés de chez elle. Presque tout, couvertures, rideaux, nappe, est rose, d'un rose indien qui baigne d'une lumière surréelle l'intérieur de la caravane, cinq mètres carrés d'aquarium rose, un lit, une table et une banquette, le périmètre de notre jeu non seulement préféré mais unique, le même d'ailleurs auquel jouent tous les enfants du monde, le jeu à être grand. Dans le coin de la banquette, la table est toujours mise quelle que soit l'heure avec des assiettes et des gobelets en plastique, et aussi des fourchettes et couteaux dépareillés. Les placards sont complètement décatis et le toit est éventré mais on s'en fiche, on n'y va pas à la caravane les jours de pluie.

— 'Tu veux, je te sers un café, demande Else.

Ça commence toujours comme ça quand j'entre.

— Oui je veux bien.

En vrai, j'aurais préféré une limonade, mais bon.

C'est toujours elle qui me sert et moi qui suis servie. À cause du secret des arbres et de la balançoire, Else est celle qui sait. Sur tous les sujets, je m'en remets à elle, je suis la faible et elle la forte. Le partage des rôles me va, le pouvoir m'encombrerait. Je préfère être la dominée, je saurais pas quels ordres donner si j'étais celle qui domine. Il faut pas croire, mais les dominés ont, comme les dominants, leurs prérogatives.

Elle va au placard décati, en sort une cruche en plastique et fait semblant de servir du café dans une tasse orange criard. Else porte toujours son vernis à ongles rouge carmin, celui qu'elle a dû « emprunter » à sa grand-mère. Il est toujours à moitié écaillé, son vernis. Secrètement je n'ai jamais approuvé les petites filles qui portent du vernis à ongles, surtout écaillé. Mais quand je pense ça, je m'en veux aussitôt. Je crois entendre ma mère qui trouve qu'une petite fille qui se fait les ongles c'est « vulgaire ». Elle ajoute presque toujours aussitôt Non mais je dis ça en général, mais je sais, c'est dit pour Else. Pour aimer le vernis à ongles chez les petites filles je ne sais pas si c'est moi qui pense ou mes parents à travers moi.

Vulgaire ou pas, c'est à Else que je veux ressembler. Pas à une autre qui ne porterait pas de vernis.

Else a son short et son tee-shirt mais au-dessus elle a mis une sorte de déshabillé transparent rose pâle qu'elle ferme à l'encolure avec un nœud de satin, aux pieds elle a les mules de sa mère trop grandes pour elle, au moins du 38.

Le vernis à ongles lui suffit pas, là elle est en train de se mettre du rouge à lèvres. Du carmin assorti au vernis écaillé. Elle clopine ainsi à travers la caravane dans son accoutrement d'actrice à sa loge. Le problème, c'est moi, il faut qu'elle me trouve un rôle. Qu'est-ce qu'elle va bien pouvoir inventer ? Toutes les deux marchandes ? Non, marchande de quoi, habillée comme ça ? Avec ces mules et ce déshabillé ? Impossible. Maîtresse, non, c'est bon pour Anne. Notre maîtresse, on va seulement en cachette dans sa chambre mais on ne joue pas à être elle, on se glisse dans son placard et on hume ses robes, c'est tout.

Else fait toujours ça, elle fait semblant de chercher pour son métier, mais en fait elle a déjà la réponse. Toujours la même.

Star de cinéma.

Elle veut faire actrice italienne. Elle a installé un miroir tout brisé sur la petite table de la caravane, avec quelques produits de maquillage et des échantillons de parfum. Pour s'inspirer, elle a aussi un roman-photo ouvert sur la table. Il y en a une de fille qui l'inspire, une brune avec des yeux noirs en amande et souvent des bas de soie et des combinaisons noires à fines bretelles.

— T'as qu'à être ma maquilleuse.

— Ben non, je saurais pas le faire, te maquiller

— Ben je sais pas, moi... ou alors mon amie simplement. Tu pourrais me poser des questions sur mes petits amis ou alors tiens ! tu pourrais être journaliste et me poser des questions sur ce que tu veux. C'est incroyable, on ne dirait pas que vous avez déjà vingt-deux ans, vous paraissez beaucoup plus jeune... tu choisis quoi ?

Je sais pas quoi répondre, y a rien qui me plaît vraiment dans les métiers. Journaliste, je sais pas si je pourrais poser les bonnes questions. Je le vois bien, elle sait pas quoi faire de moi, Else, mais elle a besoin de moi quand même. Je suis pas tout à fait l'amie qu'il lui faut, je suis pas assez grande. L'âge de l'enfance est une caste. Une fille de dix ans ne peut jouer avec une de huit. Je fais ce que je peux pour grandir mais quand même. D'un autre côté, je la mets en valeur, Else, je sais si peu de choses. Bref, chacune y trouve son compte, dans le duo.

Les fenêtres de la caravane, je les adore, avec leurs petits rideaux surchargés de motifs géométriques orange. Un bazar, cet endroit.

On frappe.

La vache ! Le coup de chaud qui me monte à la tête ! À tous les coups c'est Freddy, le grand frère. Le rouge monté au front et aux joues va me trahir. À chaque instant notre propre corps est susceptible de se transformer en traître, de nous planter un poignard dans le dos sans le moindre remords. Heureusement Else fait poireauter son frère. Le rouge s'atténue, mon corps est à nouveau dans mon camp, un allié.

— Mot de passe ? elle fait Else, les jambes

croisées avec sa mule 38 prête à tomber au bout du petit pied qu'elle balance sur la banquette.

— Rainbow, répond une voix grave.

Un mot qu'on a appris dans une chanson. On est pas sûres du sens, Else et moi, un truc du genre Après la pluie, le beau temps.

Ça va, il peut entrer.

Et il entre. C'est bien Freddy. Si je pouvais disparaître derrière les rideaux rikiki, je le ferais. Brun, les cheveux raides comme sa sœur. Blouson sombre. Tee-shirt noir. D'abord, ce qui est beau, c'est que tout est noir chez lui. Mais ce qu'il a de plus beau, c'est qu'il a les yeux par en dessous, on dirait qu'il n'a que la moitié de l'iris. Ensuite il ne sourit jamais. Les gens qui sourient tout le temps ont moins d'attirance, peut-être que sourire, ça fait partir le mystère.

— Tu veux quoi ?

— Rien, il fait. (Il parle pas beaucoup, Freddy.) Je viens fumer.

— Ah ! Et elle tire aussitôt une boîte en fer-blanc du tiroir sous la banquette, une boîte avec dessus des berlingots de toutes les couleurs, drôle d'endroit pour cacher des cigarettes.

— Tiens.

Je me sens toujours gourde devant Freddy, mais alors là, sans rôle, sans personnage. Else, ça se voit qu'elle fait actrice avec son déshabillé rose à nœud et sa mule qu'elle balance au bout de son pied, mais moi. Heureusement elle vient à ma rescousse. Et heureusement elle a tranché.

— On se maquillait. C'est ma chef maquilleuse, dit-elle en me désignant de la tête.

Le frère me décoche un regard. Me toise. Pour une fois, s'il pouvait sourire. Mais non, macache. Si seulement j'avais accepté journaliste, mais chef maquilleuse !

— Ah ? qu'il fait. (Il s'en fiche des chefs maquilleuses, ça se voit.) T'aurais pas cinq francs aussi ?

Else va sous le lit et extrait du tiroir une autre boîte vide en fer-blanc, des palets bretons au beurre. Elle en extirpe un billet de cinq tout fripé. Freddy se lève. Il a une façon de se tenir et de bouger qui fait chaud à la tête. Il allume sa clope la tête un peu penchée de côté. En sortant il claque la porte mais la porte ne ferme pas bien. Else se lève.

— Et merci, jamais non ?

— Merci.

— Merci qui ?

— Merci Else !

Avec trois fois rien comme mots, Else sait se faire respecter.

La voix de Freddy est emportée dans les hautes herbes, les coquelicots et les marguerites qui poussent à tort et à travers autour de la caravane. Il est beau de dos dans le contre-jour avec les herbes jaunes qui lui arrivent aux cuisses. Une fois qu'il a claqué la porte, ma respiration redevient normale et l'intérieur de mes mains perd petit à petit sa mouille.

De toutes les chanteuses françaises ou anglaises que j'ai vues sur les pochettes de disques, de toutes les actrices américaines, françaises et italiennes à qui j'ai toujours voulu ressembler durant l'enfance et l'adolescence, aucune n'a eu sur moi l'ascendant d'Else.

Le soir quand je suis dans ma chambre, je me décoiffe devant le miroir de la coiffeuse, j'essaie de me mettre la mèche en travers comme Else. Rien à faire, mes cheveux ne se placent pas de la même façon et reviennent toujours encadrer mon visage. Ce qu'Else a traduit une fois par T'as pas la même nature de cheveux que moi. Non, je n'ai pas sa nature de cheveux et je n'ai pas non plus sa nature tout court. Puis j'essaie d'avoir la même bouche. Elle l'a un peu dédaigneuse sur les côtés. Rien à faire, le dédain non plus ne vient pas. Le dédain ne vient pas tout seul, il ne naît pas à partir de rien. Je ferme les yeux, me concentre du mieux que je peux, Vas-y t'es un chat sauvage t'es un chat de gouttière, Vas-y t'as trois frères et sœurs, tu t'en fiches de tout, puis j'ouvre les yeux. Ils ne lancent aucun vert-de-gris, aucun éclair de chat de gouttière. Et ma démarche, quand je tente de balancer mes hanches de droite et de gauche, ça ne marche pas non plus comme je voudrais. On a la démarche qu'on mérite. Je marche droit je ne déplace aucun air en avançant. Je ne prends pas de place, j'existe à peine. Les mots, n'en parlons pas, il lui suffit de deux, trois mots bien balancés, Else, et elle se fait comprendre. Quant à moi, j'ai besoin de beaucoup de mots pour m'exprimer. Des mots faibles, imprécis, qui même en quantité ne suffisent jamais. Je les choisis mal, pas justes, pas forts. Ou alors c'est une question de ton. Je ne sais pas y mettre de conviction. D'une autre on peut copier beaucoup mais pas la désinvolture. La désinvolture, tu l'as ou tu l'as pas. Moi je l'ai pas. Jamais je ne ressemblerai à Else, la concentration et la bonne volonté, foutaise.

Else n'a rien de tout ça, concentration, bonne volonté et compagnie. Sans rien demander elle a tout eu, les mèches, la démarche, le dédain et aussi les mots. Pour ressembler à Else, il faudrait que j'aie la même famille ou du moins le même genre de famille, que j'aie des frères et sœurs en pagaille, des qui s'appellent Pamela, Marlon ou Kim, qu'il y ait devant ma maison des vieilles bagnoles, des baignoires sabots rouillées et une mère en robe de chambre molletonnée bleu ciel à des deux heures de l'après-midi. La mienne s'habille de jupe et de chemisier dès sept heures du matin, mon père est fin prêt pour le travail dès six heures et ma grand-mère est déjà morte depuis longtemps, et même si elle était encore vivante, elle ne resterait pas ainsi penchée des heures durant sur chaque double page du journal à regarder des femmes en maillot de bain. La mienne, de grand-mère, on lui a mis la robe noire qu'elle portait le jour de son mariage pour descendre dans la tombe. Je le sais, j'ai entendu la conversation entre ma mère et ma tante. Quelle robe on lui met? L'une voulait la robe de mariée, l'autre trouvait trop triste de voir une morte descendre dans la terre en robe de mariée et plaidait pour une robe à fleurs avec de grands ramages, il y avait de la gaieté en elle quand même. Chez nous personne ne traîne ainsi en robe de chambre ou en peignoir. Seulement tard le soir ou tôt le matin, à la rigueur le dimanche matin et encore jusqu'à neuf heures seulement. Mieux vaut se rendre à l'évidence. Même démarche lente et droite, mêmes cheveux sages, même bouche avec totale absence de dédain, c'est à Anne que je ressemble.

L'ascendant unique et tout-puissant d'Else n'a duré qu'un temps. D'autres modèles ont pris le relais. Au collège et au lycée, j'ai subi des influences successives.

Durant toute ma scolarité au secondaire, j'ai caché mes origines et ma langue maternelle qui n'était pas le français. Je voulais être comme tout le monde, me fondre dans la moyenne, ne rien avoir qui dépasse. Je voulais ressembler aux filles d'ingénieur que je côtoyais, celles que des mères parfaites venaient chercher à cinq heures du soir dans des voitures silencieuses. Je l'avais compris depuis longtemps, ma langue et mon accent entraveraient mes ambitions, il fallait les ravaler au fond de mon être, les verrouiller à double tour, ce qui ne les empêchait pas de vivre leur vie depuis le trou où je les avais relégués. La vie clandestine est aussi ô combien une vie. La première de mes idoles avait été Amélie Dorin, une fille d'ingénieur au profil grec et aux chemisiers Liberty. Je voulais ses fringues, son allure et sa morgue. Elle s'isolait au fond de la classe, jetait son cartable sur la table et se couchait quasiment dessus, bâillait ostensiblement pendant tout le cours, puis quand c'était fini déguerpissait, laissant derrière elle, à la place du siège déserté, le sillage du panache. Je convoitais la place vide. Je m'y glissais, me transformant du mieux que je pouvais, moues, silhouette, gestuelle. Je réussissais. Seul mon nom je ne pouvais le changer. Un nom allemand dont les gutturales ne pourraient jamais se polir au point d'émettre les sonorités lisses de Dorin. Pendant les vacances, Amélie Dorin disparaissait deux longs mois pendant lesquels elle s'adonnait à des activités que je connaissais uniquement grâce aux catalogues de loisirs : tennis, escalade, rafting. Quant à moi, j'avais pour unique compagnon de vacances un abreuvoir de métal devant la maison de ma grand-mère dans mon village de la frontière allemande. Pendant tout l'été, je demeurais vaincue, incapable de rivaliser. Quand les cours recommençaient, je reprenais du galon. Les fils d'ingénieur eux aussi me semblaient désirables et ondulants. Une assurance dans la démarche et la langue qu'aucun de nous ne pourrait jamais espérer acquérir. Une aisance inscrite de longue date dans leur lignée, qui ne se gagne pas en une poignée de jours, il lui faut de la durée, des générations, et surtout au long de cette durée de la tenue. Ce qu'on pouvait raisonnablement espérer avoir en commun avec les enfants d'ingénieur, c'étaient leurs polos. Il nous suffisait d'acheter les mêmes et nous avions les moyens, notre infériorité ne se mesurait pas à l'argent. Pas sûr que nos corps les aient portés avec la même superbe. Ce qu'il y a à l'intérieur des têtes porte les polos bien plus que les épaules et les torses.

Else, je l'ai, comme on dit, perdue de vue, j'ai fait des études supérieures. Elle non. Je n'ai jamais pensé que je lui étais supérieure, ça non, mais il n'empêche, on ne s'est plus jamais revues. Je ne parlais plus sa langue qui était aussi ma langue maternelle, j'en avais appris une autre qui était devenue peu à peu la mienne.

Un jour, bien longtemps après la balançoire et les arbres, je l'ai rencontrée par hasard dans une rue d'une petite ville proche du village où j'ai grandi. J'ai failli ne pas la reconnaître, j'ai dû appeler: Else, Else pour voir si cette femme que j'avais croisée allait se retourner. Elle avait réagi à mon appel, c'était bien elle. Elle non plus ne semblait pas m'avoir identifiée au premier coup d'œil. Tout de suite j'ai vu que la félinité avait quitté son corps, en allée où, la mèche et la lumière dans les yeux, pareil. Else n'était plus un chat de gouttière, elle avait été domestiquée, elle était devenue une femme mariée flanquée de trois enfants à qui elle n'avait sans doute jamais appris à faire de la balançoire. Je n'ose pas le dire à voix haute, mais dans ma tête j'ai un mot pour ce genre de femme, ce mot n'existe que dans ma tête, j'ai même peur de l'écrire. Else, une *dondon.*

La dernière sur qui j'aurais parié.

— Alors, qu'est-ce que tu deviens ? elle m'a demandé d'un ton enjoué. Et j'avais compris aussitôt que même la belle langue d'Else, si unique, si souveraine, s'était fait la malle elle aussi.

Quand on s'est quittées, je ne lui ai même pas demandé son téléphone. Elle non plus ne m'a pas demandé le mien. Je n'ai pas osé prendre des nouvelles de Freddy. Avait-il lui aussi perdu tout panache ? Spontanément, avant de partir, elle m'en a donné.

— Freddy s'est suicidé. Son garage n'a pas marché.

Pourquoi Else a-t-elle eu autant d'influence sur moi ? Que voulais-je reproduire ? Un physique ? Une langue ? Je ne le crois pas. Elle était avant tout un modèle de transgression et de liberté. Pendant longtemps, j'ai cru qu'en termes de modèle il n'existait si on peut dire qu'un seul modèle. Celui d'émancipation que figurait Else. Je me trompais.

L'expérience d'une amie qui travaillait avec des jeunes d'un quartier dit sensible m'apportait la preuve de l'existence de modèles bien différents du mien.

Cette amie avait décidé de faire réfléchir le groupe à la notion d'idole.

ELLE : Avez-vous des idoles ?

EUX : On en a pas d'idole, là. C'est quoi là, un idole, madame ?

ELLE : Une idole, c'est quelqu'un qui exerce une influence sur vous dans le domaine des idées, quelqu'un que vous admirez et dont vous vous inspirez pour vous construire. Une grande sœur, un rappeur, un chanteur. Ça n'existe pas de ne pas avoir d'idole à votre âge. On commence comme ça dans la vie avec un modèle, tout le monde passe par là, allez au boulot. Réfléchissez !

Tout en maugréant, les jeunes ont accepté de se soumettre à l'exercice. Chacun a réfléchi à son idole.

Quand mon amie a interrogé les jeunes du groupe, elle a pu constater qu'il n'y avait en tout et pour tout que trois réponses. Les trois ensemble et dans cet ordre : le Prophète, mon père, ma mère.

Elle était d'autant plus surprise que la réponse émanait de jeunes qui arboraient tous les signes extérieurs de la rébellion, baskets à lacets défaits, jeans troués et signes corporels qu'on pouvait difficilement associer à la soumission.

— Ben quoi, vous avez l'air étonnée là, Madame, a fait remarquer une jeune fille.

— Pas étonnée. Stupéfaite, a répondu mon amie. À votre âge, j'avais des modèles choisis ailleurs que dans la famille et la religion : des actrices de préférence mortes jeunes, des rock stars de préférence mortes jeunes, des navigateurs autour du monde jamais revenus, des poètes qui n'ont plus écrit une ligne après l'âge de vingt ans.

Stupeur de part et d'autre. Ils ne la comprenaient pas, pas plus qu'elle ne les comprenait.

À tel point que dans le train du retour, le soir, elle en est venue à douter de sa propre liste éculée d'idoles décédées. Aussi, quand elle est revenue dans le quartier dit sensible, elle a décidé de laisser tomber cette histoire d'idoles et de changer de tactique, leur donnant à lire un roman classique dont l'histoire se déroulait au fond d'une province perdue et dont l'héroïne était une jeune fille pauvre. Ce texte qui plus est présentait un niveau de langue plutôt soutenu. Contre toute attente, les jeunes ont lu le texte d'une traite chez eux et ont émis le souhait que mon amie revienne le plus vite possible dans leur quartier avec la suite des aventures de l'héroïne. Le roman classique, ils l'ont lu comme s'il s'agissait d'un texte haletant ou comme s'ils suivaient une intrigue policière, alors que ce n'était absolument pas un roman d'action.

ELLE : Alors, cette héroïne, vous l'aimez bien, vous voulez encore passer du temps avec elle ? Elle ne serait pas devenue un peu votre modèle, par hasard ?

EUX : Ah c'est ça, un modèle, quelqu'un à qui on s'identifie ?

ELLE : Oui, précisément, le modèle a à voir avec l'identité.

À l'issue des quatre séances passées à discuter du roman, mon amie a encore dû revenir avec l'adaptation cinématographique de celui-ci. Un film austère, un film culte pour cinéphiles, sans dialogues, sans musique, quasiment sans intrigue, en noir et blanc. Avec des acteurs amateurs, le comble ! Quand elle a diffusé le film, elle a compris que certains l'avaient déjà visionné sur Internet. Lors de la séance de ciné-club on aurait entendu une mouche voler. Si l'un des jeunes s'avisait de faire le moindre bruit, les autres lui cassaient aussi sec la baraque d'un péremptoire Chut ! Le son grésillant et le noir et blanc sautillant que crachotait le projecteur sur les murs en contreplaqué merdique avaient la texture vulnérable qu'ont seuls les miracles.

C'est à n'y rien comprendre, dans quel monde on vit, disait mon amie, je pensais m'être fait une fois pour toute une opinion de l'époque, et chaque fois l'époque flanque mes certitudes par terre. La jeunesse aura décidément toujours des ressources, des gisements inouïs à sa portée, elle les sortira toujours à la dernière minute, un lapin blanc de son chapeau, une carte de la dernière chance, quand plus personne n'y croira, quand l'époque est à désespérer, surtout quand l'époque est à désespérer.

J'ai mis du temps à me libérer de mes modèles successifs. C'est arrivé tard dans ma vie. J'ai mis du temps à être moi et seulement moi, le plus possible moi si c'est possible, et je ne parle pas d'égocentrisme, le contraire peut-être.

Chez moi personne ne me le dit mais je le sais, je vais mourir. C'est l'interne, le jeune à l'hôpital qui me l'a dit. Le seul qui ait eu le cran de le faire. Vingt-cinq ans à tout casser, était-ce du courage ou de l'inconscience, peu importe, l'essentiel est qu'il me l'ait dit. Chez moi ils sont tous plus âgés, mais il ne s'en est trouvé aucun pour me la dire, la vérité, bien que je l'aie demandée, réclamée même. Soi-disant ils m'aiment. Peut-on aimer autrement que dans la vérité je n'en suis pas sûre, mais il est trop tard pour leur dire ce genre de choses, je vais mourir.

L'hôpital m'a renvoyée. Grâce à l'interne je sais pourquoi. Je suis maintenant chez moi dans un lit à barreaux duquel je ne peux sortir. Depuis ce lit, un jour, je demande un miroir. Autour de moi, je le vois bien, ils ne savent plus très bien si j'ai encore toute ma tête. C'est vrai, je ne sais plus très bien où a commencé ma vie mais je sais vaguement où elle va s'arrêter. Je vais aller dans un autre pays mais je ne sais pas encore lequel, un pays où je vais rejoindre ma mère morte. Comme je pense à elle, je confonds nos enfances. Ses souvenirs sont les miens. J'ai des souvenirs de guerre, à moins que ce ne soient ceux de ma mère. Un temps où la guerre n'était pas seulement économique. Un pays l'avait déclarée à l'autre. Une guerre à l'ancienne avec des soldats, des chars, une occupation. L'Allemagne à la France, elle l'avait occupée, on dit occuper, la violence de ce mot, prendre ses aises dans le territoire d'un autre. Au village c'était la mobilisation. On réquisitionnait tous les jeunes gens. Le jour de la mobilisation, le village entier était devant la mairie, j'y suis allée avec ma mère, j'ai compris que les hommes devaient partir. Tous les hommes que les femmes aimaient, les fils, les frères, ceux qui sont capables de prendre une femme dans leurs bras, ceux qui portent de beaux noms, Joseph, Eugène, ceux qui ont des épaules pour rentrer le foin et la paille, et même ceux dont on pensait qu'ils n'étaient pas assez forts pour partir, ceux-là aussi partaient, la mobilisation ne voulait rien savoir de la largeur des épaules, elle ne voulait que son compte d'hommes. Ma mère comme toutes les femmes pleurait, elles avaient toutes des hommes à perdre. Elle faisait un effort pour ne pas pleurer devant son enfant. On est revenues toutes les deux à la maison, ma mère me serrait la main un peu plus fort que les autres jours, puis elle a fait les mêmes gestes que tous les jours, pensant que la tristesse s'accrocherait moins à un corps en mouvement, elle a écossé les petits pois, épluché les pommes de terre, a versé du lait dans une cruche, puis je suis allée jouer au jardin, le mot Guerre, d'un mot, d'une syllabe, avait tout changé, même la petite fille que j'étais le savait, pourtant rien au jardin n'avait changé, la rhubarbe était toujours luxuriante, avec ses grosses feuilles, des éventails ouverts, les groseilliers et les framboisiers occupés nuit et jour à fabriquer du rouge, il suffisait d'attraper les baies et de les porter à la bouche, le jus coulait le long des mentons et des robes, il faisait des taches, tant pis, quand le suc acidulé descendait dans le toboggan du gosier, ça glissait prodigieusement. Les grosses fleurs le long de l'allée étaient des fleurs de joie, grasses et ouvertes, laissant éclater en plein jour l'indécence au cœur de leurs étamines noires, un gros bourdon noir planté là-dedans fourrageant tout ce qu'il pouvait au fond de leur calice.

Comme je ne peux plus rien faire au fond de mon lit, souvent je demande un ruban ou un mouchoir pour l'enrouler autour de ma main, ça m'aide à attendre la fin dans le calme, mon entourage pense que je suis redevenue une enfant, ils ne font pas d'histoires pour m'apporter le mouchoir quand je le réclame.

Aujourd'hui je réclame non pas un mouchoir mais un miroir. Mon entourage est étonné, peut-être ils vont me faire des histoires.

— Un miroir ? ils répètent.

— De poche ou ce que vous aurez sous la main, peu importe, je leur réponds.

L'entourage m'en apporte un sans trop d'histoires. Je le prends soigneusement, le tiens devant moi et m'observe longuement. Ils s'interrogent, mais qu'observe-t-elle ainsi ? Son âge ? Mais le sait-elle seulement ? Son visage, sa coiffure ? Peut-être va-t-elle réclamer le coiffeur maintenant ou une crème de jour ? Ils se demandent ce que je vois, est-ce que comme eux je vois les traits usés par la maladie, la peau bistre parcheminée, ils retiennent leur souffle, peut-être elle va savoir avec le miroir, à la mine, aux traits, qu'elle va mourir, peut-être qu'elle veut savoir comment la mort va la cueillir, quelle tête elle aura à cet instant précis. C'est important de ne pas se voir déposséder de cet instant. Déjà qu'on ne voit rien à la naissance, au moins qu'on voie quelque chose à la fin. Quelle tête elle aura précisément quand ce sera l'heure.

Tous attendent un mot de moi. Il ne vient pas.

Au bout d'une longue demi-heure de contemplation je dis :

— Ah ! au moins j'ai des sourcils.

— Des sourcils ? ils répètent, interloqués.

Ils s'attendaient à tout mais pas à celle-là.

— Oui, des sourcils.

Je suis trop fatiguée pour leur raconter à eux l'histoire de mon amie qui n'a pas de sourcils, je préfère me la raconter à moi.

— Tu me promets, dis ? Tu me promets ? cette amie demande toujours à sa fille.

— Oui, Maman, je t'ai déjà dit, répond invariablement la fille.

— T'es sûre ? Je peux avoir confiance ? la mère insiste.

— Je t'ai déjà dit cent fois, alors arrête.

La fille n'en peut plus.

La mère n'a pas de sourcils, ça arrive. On en connaît tous des gens qui n'ont pas de sourcils. Le sourcil n'est pas un organe vital, ce n'est tout de même pas un cœur, un foie ou un poumon. Certains même vivent très bien sans sourcils. Toute une vie heureuse et comblée sans le moindre sourcil, c'est possible. La mère ne le pense pas. La mère, non. Tous les jours, le premier geste devant son miroir, c'est de s'en dessiner deux. Avant même la douche, avant même le petit déjeuner, le sourcil. Elle se colle au miroir et avec son crayon marron foncé s'en dessine deux, en arcs symétriques assez fins, mais pas trop pour qu'on ne devine pas tout de suite qu'ils sont faux. Elle s'applique et trace du mieux qu'elle peut un premier arc, un second, puis le noircit et l'épaissit un peu afin qu'il ne soit pas trop fin. Puis d'un air satisfait elle s'éloigne du miroir et s'examine ainsi, d'un peu plus loin. Le tracé a l'air de lui convenir.

Mais la nuit? Comment fait-elle la nuit? Elle dort avec ses faux sourcils? Son mari n'a jamais rien remarqué, il ignore que les sourcils de sa femme ne sont pas vrais. Elle s'endort d'abord avec lui, puis dans la nuit se relève et démaquille ses faux sourcils. Le matin, elle refuse qu'il allume la lumière, elle se lève et se dirige vers la salle de bains pour y accomplir le premier geste de la journée, de telle sorte que le mari s'imagine vivre aux côtés d'une femme qui a des sourcils.

Les filles sont souvent plus malignes avec leur mère que les maris avec leur femme. Aussi la fille s'en est-elle vite aperçue, de l'absence de sourcils chez sa mère, dès l'âge de onze ans peut-être.

Ça énervait la mère que la fille sache, mais bon.

— Tu ne diras rien à ton père, tu promets, même un jour que tu seras très fâchée contre moi ? Dis, tu promets ?

— Mais oui, tu me vois en train de lui dire, tu sais je voulais te dire un truc depuis longtemps : maman n'a pas de sourcils.

La fille hausse les épaules.

— Oui, mais le jour où tu seras très fâchée contre moi ?

La fille s'est souvent fâchée contre la mère mais n'a pour autant jamais rien rapporté au père quant à l'absence de sourcils. Comme elle a tenu parole, la mère revient à la charge avec cette fois un autre motif.

— Tu promets ? C'est très important pour moi, il faut que tu promettes.

— Ce n'est pas encore le moment de penser à ça, mais, oui, je t'ai déjà dit, je te promets, t'inquiète.

On ne sait pas si la fille a tenu la promesse car la mère n'est pas encore morte. En effet, elle a fait promettre à sa fille que le jour de sa mort, quoi qu'il arrive, quelle que soit l'heure à laquelle cela arrive, à l'abri des regards la fille dessinera à la mère des faux sourcils pour qu'elle parte ainsi dans l'éternité, non pas sans sourcils mais avec deux beaux sourcils. Frais dessinés, marron foncé, un arc parfait.

LE DÉTACHEMENT

— Âge ? demande la secrétaire médicale qui remplit mon dossier.

D'habitude, quand on pose cette question, la réponse vient automatiquement. Cette fois elle résonne dans ma tête, mais ne sort pas de ma bouche.

— Madame, votre âge ?

La secrétaire répète une première fois la question sans impatience. La réponse ne passe toujours pas. Elle a beau jeu, la secrétaire, de me poser la question, elle est plus jeune que moi. Je le sais, jusqu'à un certain âge les femmes ont un ascendant sur celles qui sont plus jeunes qu'elles, après cette limite c'est l'inverse, les plus jeunes regardent les plus vieilles avec condescendance et ne leur reconnaissent plus ni ascendant ni potentiel de séduction. Il y a un argus tacite de l'âge pour les femmes, dont les hommes organisent le cours, mais les femmes aussi, dans une proportion au moins égale. Les femmes adhèrent aux critères mis en œuvre dans l'argus, elles marchent dans la combine, ne trouvent rien à redire. Les deux partis y trouvent leur compte sans doute. Un ami un jour m'a dit que la courbe du mépris pour les femmes selon l'âge suit exactement celle du taux de fécondité. Une raison proprement physiologique serait donc à l'origine de cet état de fait chez les femmes. Comment cela se passe chez les grands singes, mon ami a encore précisé qu'il l'ignorait. Au début, je l'ai regardé d'un air sceptique, à présent, devant la secrétaire médicale, je ne suis pas loin d'adhérer à sa thèse.

— Madame, votre âge s'il vous plaît, s'impatiente cette fois la jeune secrétaire dont le taux de fécondité est sans conteste supérieur au mien, mais doit déjà être déclinant lui aussi puisqu'elle doit avoir dans les trente ans et des poussières.

Mon ami m'a dit qu'après l'âge de vingt-cinq ans, la fécondité diminue déjà. Je me demande parfois s'il n'exagère pas un peu. Je me renseignerai de mon côté.

Non seulement je suis sommée de dire mon âge, mais de le dire vite, sans réfléchir. Ce dont je suis tout à fait capable en temps normal, comme tout un chacun, mais pour l'heure mon âge fait de la résistance quelque part du côté de la glotte.

Au bout de quelques secondes qui paraissent longues à la secrétaire et à moi aussi d'ailleurs, le nombre finit par sortir. La jeune femme paraît légèrement excédée, mais inscrit tout de même les deux chiffres côte à côte sur le dossier et me rend ma carte Vitale. Je n'ai pas besoin de vérifier la suite de chiffres qui figure sur le petit rectangle vert qu'elle me tend. Je sais que j'ai dit le bon âge, et pourtant je ne peux y croire. Ce n'est pas moi qui ai cet âge. Le nombre que j'ai donné résonne dans le cabinet médical, d'abord sur le bois stratifié du bureau de la secrétaire, sur la pile de dossiers, puis par-dessus les feuilles luisantes et grasses du ficus jusque dans la salle d'attente. Mon âge reste suspendu dans le silence ambiant, celui, un peu contrit, de personnes qui attendent leur tour dans une salle d'attente médicale. Je n'ose regagner ma place sur le siège pliant que j'ai quitté quand la secrétaire m'a appelée. Les autres patients connaissent mon âge maintenant, à tous les coups ils vont me regarder autrement, maintenant qu'ils savent.

Vous savez, ce n'est pas le mien, d'âge, j'ai envie de leur dire. Moi, ma mère continue de me réveiller tous les matins pour aller au lycée. J'ai un autre âge que celui que j'ai donné à la secrétaire médicale. J'ai indiqué un faux parce qu'elle s'impatientait, j'ai donné le premier qui m'est venu à l'esprit. Mais déjà je prends la carte Vitale des mains de la secrétaire et rejoins ma chaise pliante dans la salle d'attente. Sur le guéridon au milieu de la pièce, je choisis deux revues, *Mieux vivre votre argent* et *Votre beauté.*

Deux autres patients feuillettent eux aussi des revues, aucun n'a l'air malade, j'entends sérieusement malade, on est chez un généraliste. Ils n'ont pas l'air souffrant et ils n'ont pas non plus l'air de me juger mal à cause de mon âge, mais je n'oublie pas que la bonne éducation dicte de ne pas montrer ses sentiments. Derrière les deux patients il y a un grand miroir. Oui, j'ai bien l'âge que j'ai dit, la femme qui est assise là en train de feuilleter une revue, les jambes croisées, semble bien avoir l'âge indiqué à la secrétaire. Et pourtant ce ne peut être le mien. L'âge que j'ai à l'intérieur est tout autre, je ne saurais d'ailleurs dire lequel mais en aucun cas celui-là. Le même ami qui m'a parlé de la courbe du taux de fécondité des femmes m'a également parlé de la température ressentie. Actuellement à la météo ils indiquent la température relevée sur le thermomètre, m'a-t-il expliqué, mais ils en donnent aussi une autre, la température ressentie qui peut être sensiblement différente. De même que pour la température, il faudrait inventer le concept d'âge ressenti, a-t-il ajouté.

J'aimerais être comme cette amie qui dit haut et fort son âge à qui veut l'entendre, d'ailleurs non seulement elle le dit mais elle le montre. C'est ainsi qu'un soir, après le cinéma, je suis allée avec elle boire un verre à la terrasse d'un café. Et l'amie s'est mise à me parler de la maladie qui l'avait terrassée récemment.

Non seulement elle en a parlé mais m'en a montré les traces. Elle a commencé à dégrafer son chemisier pour exhiber les cicatrices que la thérapie avait laissées sur sa poitrine. Des empreintes récentes, rouges, encore fraîches, un tracé comme une frontière sur ses seins. Par un réflexe de pudeur, j'ai regardé autour de moi pour voir si personne ne nous regardait, mon amie a vu ma gêne et a dit qu'elle s'en fichait de ce que les gens pouvaient croire, il y avait quelque chose de bon à la maladie, c'est que maintenant elle s'en fichait de tout ça, du regard des gens, de tout ce qu'ils pouvaient penser, elle n'en avait plus rien à fiche de ces conneries. J'ai cessé de regarder autour de moi car j'ai eu peur que par provocation elle n'enlève aussi son soutien-gorge là devant tout le monde, devant tous ces gens qui n'avaient rien demandé et qui venaient juste boire un verre à une terrasse de café parce que la nuit de printemps était tiède, et ne s'attendaient pas à voir des cicatrices sur des seins et des malheurs dans leur champ de vision. Par chance mon amie a gardé son soutien-gorge et au bout d'un moment elle a même reboutonné son chemisier après m'avoir expliqué par le menu les soins dont elle avait fait l'objet pendant quelques semaines tout en suivant avec son doigt le tracé de la cicatrice. Finalement sa désinvolture a été contagieuse, je n'avais plus peur moi non plus des voisins proches, ni de leur regard sur elle, sa poitrine, sa maladie, ils avaient dû tout voir, tout entendre, ils étaient à moins de deux mètres, mais peu importait. Puis mon amie a détaillé ses séances de radiothérapie, elle riait à l'évocation de certaines scènes.

— Je lui ai demandé au médecin si je pouvais continuer de fumer et elle m'a fait Vous faites comme vous voulez. Tu te rends compte ? Comme je veux, je peux faire.

Et elle riait et répétait cette phrase qui semblait beaucoup lui plaire.

— Tu te rends compte, comme je veux, je peux faire !

Et elle riait de plus belle.

J'aimerais être comme mon amie, en avoir fini avec les peurs. Pendant toute une partie de ma vie, j'étais restée engoncée dans des peurs qui me venaient de l'enfance, peur des araignées, peur de l'eau, peur des hommes, peur des gens bien nés, du moins mieux que moi.

J'ai toujours, par exemple, peur de me montrer nue devant l'homme que j'aime. Même sans cicatrice j'ai peur d'apparaître devant lui.

Je le sais maintenant, c'est au bord des rivières qu'on est le plus heureux. Comme la plupart des gens, j'ai vécu presque toute une vie sans le savoir. Les parents devraient dire à leurs enfants Va le plus souvent que tu peux au bord des rivières. Aucun parent ne le dit jamais à aucun enfant, dommage.

Je l'ai découvert tard sans que personne me l'ait dit.

C'est au bord des rivières que la lumière est la plus belle. Une lumière verte, un miracle, le secret des roseaux et des grands arbres soumis reflue et moire la surface de l'eau. La couleur de la rivière n'a pas de nom, entre vert et brun, bouteille et bronze, nul ne sait, une couleur qui coule, car la rivière est avant tout courant, quand on est sur la rive on voit de grandes herbes comme de longues servantes filiformes qui se penchent et se plient au vœu unique de la rivière, toujours le même, suivre le courant. La rivière a aussi un son, presque aussi doux que le vent du soir dans la peupleraie ou le souffle de quelqu'un auprès de qui on dort et qu'on aime.

Ma rivière coule dans un village au centre de la France, dont le pont a été bombardé pendant la guerre. Peut-être pour ça qu'on est aussi heureux au bord de cette rivière en temps de paix.

L'homme que j'aime me donne la main, on descend à la rivière par une sorte de raidillon puis on prend un sentier qui sinue parmi les arbustes et les hautes herbes. À l'approche, on entend les cris et les rires des gens qui se baignent là. Des gens qui ne peuvent aller ailleurs l'été, en bord de mer, des familles du village, certains n'ont sûrement jamais vu la mer, ou alors des gens qui ont compris que le bord des rivières était l'endroit où on est le plus heureux. Les petits garçons qui sont près des rivières sont toujours plus beaux qu'ailleurs. D'une main ils se bouchent le nez, puis leurs petits corps nerveux, tout luisants et bruns, prennent leur élan et sautent dans l'eau, les genoux pliés, splash, puis en ressortent ruisselants et grelottants, des étourneaux trempés. Il n'est pas sûr qu'ils frissonnent seulement de froid, aussi de la perspective d'avoir encore des plongeons devant soi, de sauter encore et encore dans le vert de la rivière, de se laisser porter par elle puis de ressortir un peu plus loin crapahuter sur la rive et vite reprendre son tour dans la queue, se poster là en attendant une nouvelle dose d'un plaisir recommencé, exactement semblable. Leurs corps ruisselants et frémissants magnétisent les autres corps. Les filles sont aimantées, elles leur tournent autour, font tout pour se faire remarquer, rient fort ou au contraire se gloussotent à l'oreille leurs secrets de filles. La plupart du temps les garçons n'en ont rien à faire de leur minaude, une fois ou l'autre il leur arrive d'en saisir une de sauterelle, de se retourner subitement puis de la pousser à la baille et alors, c'est double rasade de piailleries. La rivière, elle, coule impassible, obéissant à l'impérieuse injonction muette du courant, qui la hâte vers un lieu connu de lui seul.

Une heure auparavant, debout devant le miroir de ma chambre, j'ai essayé mon maillot de bain et j'étais prête à renoncer. Apparaître ainsi devant l'homme que j'aime, jamais. Impossible. Il faudrait me montrer dans la lumière crue du plein après-midi, nulle pénombre alentour pour atténuer les contours d'un corps.

Finalement je suis apparue. Ce n'est pas si difficile d'apparaître quand coule une rivière verte. On entre tous les deux dans l'eau, l'homme me prend la main. À la première seconde la rivière paraît froide, presque coupante, puis très vite on la sent tiède et moelleuse, le courant finit par masser les mollets et les cuisses. L'homme a dans l'idée de se laisser dériver dans la zone de courant, puis de nager et revenir un peu plus loin vers le bord. Moi j'ai peur de perdre le contrôle et d'être emmenée malgré moi par le courant au loin vers où seule la rivière sait. Je le lui dis. J'ai peur de ce que je ne contrôle pas, je ne suis pas une rivière, je ne sais pas où le courant me mènera. La couleur vert bouteille ou bronze, nul ne saurait trancher, ne me paraît plus si avenante, la vase sous mes pieds encore moins, une version herbeuse et verte des sables mouvants, tout un petit peuple de Gorgones là-dessous qui pourrait à tout moment m'entraîner vers le fond. L'homme me donne la main N'aie pas peur.

Je m'en remets au courant, me laisse porter par lui, son destin est désormais le mien.

La veille, quand tout le monde est allé se coucher dans la grande maison et que chacun a choisi sa chambre, cet homme a pris celle qui est à côté de la mienne. Il a dit Je prends celle-ci en me regardant dans les yeux puis il s'est approché de moi et m'a dit Cette nuit, colle ton oreille à la cloison.

J'ai fait comme il m'a demandé de faire. Dans ma chambre j'ai collé mon oreille à la fine cloison, et j'ai écouté. J'ai entendu son souffle, il respirait fort, volontairement, pour que j'entende, son souffle était doux, fort et doux dans le même temps. Sa respiration, je l'ai écoutée, pas seulement écoutée, je l'ai humée, je m'en suis emplie, je m'en suis empli les poumons, la peau et pour finir tout l'être. Puis il s'est tu, je n'ai plus rien entendu. Je savais que c'était mon tour, je n'ai pas osé tout d'abord. De l'autre côté je pouvais percevoir son attente.

À mon tour, je l'ai fait.

Les peurs n'ont pas toutes disparu avec l'âge. Il m'en reste. Vivaces, ancrées dans d'obscurs replis de mon corps, sombres vaisseaux remontés des trous d'eau de l'enfance.

La route rectiligne n'en finit pas. Un ruban de macadam noir qui coupe en deux la forêt infinie, toujours la même, une monotonie de sapins à perte de vue. L'Amérique est si grande qu'on ne sait jamais vraiment où on est exactement, les bords de la terre qui pourraient nous arrimer à un repère sont trop loin. La tombée du jour brouille encore davantage les ultimes certitudes. Va-t-il se mettre à neiger oui ou non ? Quand la nuit va-t-elle arriver ? À cette heure du soir on ne peut plus être sûr de rien. Quelle idée d'être venue ici seule. Qu'est-ce qui a bien pu me passer par la tête pour aller dans ce coin paumé ? Et quelle idée en plus, voyant la route, voyant le paysage, voyant la fin du jour, de descendre tout de même du bus. Je n'aurais jamais dû descendre. Ce n'est pas une heure, ce n'est pas un lieu pour descendre d'un bus. J'aurais dû rester jusqu'au terminus et tant pis pour le type qui m'attendrait. Que risquait-il par rapport à moi, seule au bord d'une route où il ne passait jamais personne ? Nulle réponse à l'horizon, seulement l'arrière du bus qui redémarrait, son clignotant rouge intermittent dans le demi-jour de l'après-midi déclinant. Fin octobre, la nuit tombait déjà soudaine et brutale, sans compter qu'à cette latitude la neige pouvait à tout moment tomber elle aussi.

La femme au téléphone avait simplement dit Quelqu'un viendra vous chercher à l'arrêt de bus, mais s'était bien gardée de dire que personne d'autre ne descendrait et que l'arrêt serait désert en pleine forêt, et qu'en plus le bus arriverait le soir à l'heure où la nuit tombe et peut-être même la neige. J'ai du goût pour les animaux sauvages, c'est vrai, mais pas au point d'aller les voir seule au cœur d'une forêt. Venez écouter son Call, était-il simplement indiqué sur la plaquette qui représentait un dessin en gros plan de l'animal qui bramait tout ce qu'il pouvait. Je n'avais pas trop réfléchi, m'étais dit qu'il était impossible de quitter le pays sans avoir au moins une fois entendu le brame d'un de ces cervidés gigantesques figurant sur toutes les pancartes de bords de route qui invitent à la prudence. Ils pouvaient à tout bout de champ si ça leur chantait jaillir des bois à toute heure du jour et de la nuit et se trouver subitement au beau milieu de votre route. Pour ce qu'ils en savaient des réseaux routiers humains. Eux, tout ce qu'ils voulaient, c'était tracer leur propre route pour aller manger ou baiser, quelle que soit l'heure. Leur instinct ne souffrait ni délai ni détour.

Le bus n'est plus maintenant qu'un petit point tout au bout du trait de macadam. Même son clignotant rouge s'est éteint. Je suis seule au bord de la route avec un petit sac de voyage posé à côté de moi. Un certain Éric doit venir me chercher. Le prénom paraît rassurant, français, toujours ça que la grande sauvagerie alentour n'aura pas. Déjà quelques flocons tournoient et la lumière se fait de plus en plus rare. Cette scène est presque un cliché, tant il ne manque rien, aucun ingrédient, le sapin, l'arbre qui porte en lui le plus fort potentiel d'inquiétude de la création, la pénombre qui va crescendo, le silence qui ne bruisse de rien d'autre que de ma propre peur et enfin l'absence supposée totale du moindre congénère à des dizaines de lieues à la ronde. Cette scène ou quasi la même, je l'ai vue dans cent films américains, depuis toutes ces années je n'en ai oublié aucun. À présent ils me reviennent tous en mémoire, l'Amérique est douée pour faire des films qu'on n'oublie pas et qui refluent au moment où on voudrait le plus les avoir oubliés. À cet instant précis je suis la petite fille dans laquelle tous ces films ont infusé leurs ombres suspectes, leurs rideaux qui remuent, leur musique qui bascule. Comment a-t-on pu me laisser regarder des films pareils ?

Sacré chasseur, va ! Un bon jour pour un comme lui. Oma l'a bien dit.

À travers les carreaux de la fenêtre de la cuisine, je vois les flocons de neige tournoyer dans l'air, se poser à terre ou valser encore un peu dans le ciel, hésitants comme des anges. Normal, leur domaine est le ciel, pas la terre. Ils se posent comme à contrecœur. Le ciel est blanc et bas, il est descendu sur la plaine tout entière, une soucoupe volante qui n'a fait aucun bruit et qui prend maintenant toute la place, qui dilate la plaine et l'après-midi. Dans le pré derrière la fenêtre les branches des sapins ploient sous la grosse couche de blanc. En seulement quelques heures le paysage a été absorbé par la neige. Liquidé. Et en un temps record. Seules quelques branches d'arbres soulignent encore de noir le tableau blanc qu'encadre la fenêtre. Plus que deux couleurs au monde, le noir et le blanc. Toutes les autres, liquidées. En même temps que la neige est tombé le silence. Coup double, les flocons ont absorbé à la fois couleurs et sons. Depuis qu'il s'est mis à neiger, le temps ne passe plus pareil, l'après-midi s'est comme arrêté. Seul au loin le cri d'un étourneau troue la chape de silence.

Oma m'a installé un tabouret devant la

fenêtre pour que je regarde dehors. Je m'y suis agenouillée et, les coudes appuyés sur le rebord de la fenêtre, je regarde.

Elle, debout à l'évier, finit la vaisselle.

— Ça te plaît la neige, hein ? Moi aussi quand j'étais petite. Et de la neige il y en avait par ici, tu peux me croire, elle me dit.

— On dirait un dessin à l'encre, je lui réponds.

Elle s'affaire avec son torchon. Elle ne dit plus rien, je le sais, bientôt elle ira faire la sieste, c'est son heure.

En hiver il ne passe presque personne à la ferme. Seuls quelques rares visiteurs s'aventurent jusque-là. La voisine quand elle a besoin de téléphoner, mais c'est rare, le facteur, et encore parce qu'il est obligé. Et une fois ou l'autre le chasseur. Mais lui, il est pas obligé.

Elle l'a bien dit, Oma, Un bon jour pour qu'il passe, ce vieux fou de chasseur. Les jours comme ça, les jours pas comme les autres, quand c'est impossible, il aime bien, ce vieux fou. Je la connais Oma, il y avait comme une pointe d'admiration dans sa réflexion.

Quand elle a dit ça, j'ai fait semblant de rien. Si j'avais réagi, à tous les coups elle y serait allée de sa petite phrase Si on m'avait dit que dans ma lignée, y aurait une petite poltronne...

Je n'ai qu'une vague idée de ce que veut dire Poltronne, mais je me dis qu'il vaut mieux ne pas en être une à cause des trois lettres ensemble qui sont difficiles à prononcer à la suite *l t r*.

Pourtant, avant de monter à l'étage, Oma n'a pas dit la phrase et moi, je suis restée agenouillée sur le tabouret pour continuer à regarder dehors par la fenêtre. Le cri solitaire d'un corbeau vient encore de trouer le silence tout blanc. Puis la chape est à nouveau retombée, impériale.

Deux heures de l'après-midi. Il fait encore jour, mais on dirait que ce n'est pas du vrai jour. Une lumière grise et diffuse hésite à être ce qu'elle est ou son contraire. La neige favorise cet état, nous-même on hésite à être ce qu'on est ou notre contraire, on devient floconneux, notre corps est fait dans une nouvelle matière, une incertitude duveteuse.

Avant de monter faire sa sieste, Oma m'a posé une orange sur la table

— Tiens petite, si tu as... euh si tu t'ennuies, tu manges ça. Moi c'est l'heure que je grimpe là-haut dans les plumes.

Deux heures de l'après-midi, ce n'est plus l'heure du facteur. Il vient le matin. Ce matin, il n'est pas passé, peut-être parce qu'il n'avait pas de lettre à porter. Hier il est passé. Oma a ouvert la porte et l'a fait entrer. Un gros homme tout rougeaud de la couleur des ogres mais on voit tout de suite que c'en est pas un. Parce que tout de suite on voit qu'il parle et sourit avec ses yeux. Des bottes, des gants, un gros visage rouge, il a tout ça et aussi de grosses mains. Il a tapé ses bottes pleines de neige sur le paillasson.

Si Oma a une pelle, elle n'a qu'à la lui donner, il veut bien déneiger un peu le chemin et tant pis pour l'heure de la tournée il arrivera en retard et puis c'est tout. Oma n'a pas voulu Non ça ira comme ça. Elle lui a fait un café et il a sorti de sa grosse besace en accordéon deux lettres parmi le tas de colis et de liasses d'enveloppes kraft qui dépassait de l'intérieur du sac.

Le chasseur, c'est une autre histoire. Il ne parle pas et ne sourit pas, ni de la bouche ni des yeux. Et ce ne sont pas des lettres qu'il sort de sa besace.

Déjà j'entends les pas de ma grand-mère dans l'escalier. Je l'imagine grimper sur son lit haut et, avant ça, défaire son chignon blanc, ses longs cheveux tombent d'un coup sur sa blouse et puis hop elle grimpe. Je n'aime pas quand Oma me dit son âge parce que je le trouve proche de celui de la femme du village qui est morte cet été, mais quand je la vois grimper sur son lit qui est si haut, je trouve qu'elle s'y prend un peu comme moi avec ma longue chemise de nuit. L'autre femme, celle du village qui est morte, ne devait plus pouvoir grimper sur des lits pareils.

Ce n'est pas que je m'ennuie, on s'ennuie pas avec la neige, mais je descends tout de même du tabouret et vais manger la grosse orange toute ronde qui m'attend sur la table. Au début, elle est difficile à éplucher, la peau est épaisse, mais je finis par y arriver. Son odeur envahit la pièce. L'orange est l'odeur de l'hiver chez Oma.

Que faire maintenant qu'elle est montée se coucher et que l'orange est mangée ? Je m'installe à nouveau sur le tabouret, les deux coudes appuyés sur le rebord de la fenêtre. Dehors il continue de neiger.

La forêt proche est désormais toute blanche.

Il aime bien les jours impossibles, le chasseur, mais il va tout de même pas choisir un jour pareil pour venir. Pour passer, Oma dit Passer. Après tout, il vient rarement. Pour ainsi dire jamais. Ce serait vraiment pas de chance qu'il passe aujourd'hui.

Depuis qu'Oma est montée, le grand silence du dehors est entré dans la cuisine. Quand elle y était encore, je ne le sentais pas et pourtant elle ne parlait pas. La solitude exalte toutes les sensations, celles qu'on aime et celles qu'on aime moins.

Dedans et dehors, ça fait beaucoup de silence. Je n'aurais pas dû manger l'orange aussi vite, il me serait resté quelque chose à faire, mais maintenant.

Je n'ai vu que deux fois le chasseur en tout et pour tout. À chaque fois, ça me l'a fait. Il ne parle pour ainsi dire pas. Cheveux bruns, petite moustache fine, grosse veste de bleu ou de velours selon la saison, il n'a pas l'air d'un ogre. Ce n'est pas son aspect qui me le fait, c'est sa besace. L'intérieur de sa besace. La première fois qu'il l'a sorti, c'était volumineux et enveloppé dans du papier journal, enroulé sur plusieurs couches. Il a déballé le paquet sur la table de la cuisine. Et c'est apparu. Là sur la table, ses yeux en amande avec dedans infiniment d'offrande et de douceur, la mort avait dû la surprendre avec ces yeux-là, cette tête-là, une tête de victime. Le poil était d'un beige soyeux, les deux oreilles dressées, à jamais inoffensives. Une tête de biche. Je sais comment on appelle les bêtes comme ça : Empaillées. Le mot faisait voir la mort des bêtes comme un linceul de paille.

— Tenez j'vous dois bien ça, il avait dit à Oma en la posant sur la table.

Oma avait empoigné la tête en paille, l'avait retournée et examinée puis avait conclu : Belle bête. Le soir, la biche vivante était revenue me visiter en rêve. Elle courait affolée au fond d'une forêt noire, feuilles mortes, traces éparses de neige, la terreur seule guidait ses pas, elle n'avait plus nulle part où aller, la forêt avait cessé d'être une alliée, même les forêts peuvent trahir. C'était la même, celle de mon rêve et celle du chasseur, j'avais reconnu les yeux, mais celle de mon rêve avait le regard plus terrifié.

C'était décidément une connerie d'avoir mangé l'orange aussi vite.

Le silence a tellement accaparé la cuisine que je peux entendre ma propre respiration.

Et alors ? Je n'ai qu'à monter à l'étage et puis c'est tout. Si Oma lâche sa petite phrase sur Ça te passera avant que tu sois grand-mère, qu'est-ce que ça peut bien faire ? Toujours mieux que rester ici seule avec un champ de neige absorbé par le silence, un temps qui ne passe plus et la vision d'une biche fuyant la terreur d'un bois noir.

La deuxième fois le chasseur avait autre chose dans la besace. Une chose beaucoup moins bien emballée que la première. Nul papier et pas de précautions particulières pour la déballer.

Sur la toile cirée cette fois s'est retrouvé un animal écorché. À une extrémité une tête oblongue et fine, à l'autre des pattes de derrière tendues, et entre les deux un long corps rose, racé, des muscles luisants et recouverts d'une fine pellicule blanche de peau translucide. Là aussi comme la première fois je savais ce que c'était comme animal. Un lapin. Un lapin dépouillé. La couleur de la viande était d'un rose très pâle mais par endroits elle était d'un incarnat plus soutenu. Sous le film de peau qui recouvrait l'écorché, les muscles étaient longs et fermes, parfaits. Les pattes de devant et de derrière étaient tout étirées, on aurait dit un lévrier saisi dans sa course. J'ai une image de lévrier en train de courir dans mon cahier de jour, je connais cette sorte de chien. L'extrémité des pattes avait conservé la fourrure brun clair du lapin vivant. La bestiole gisait raide sur la toile cirée parmi les bouquets de coquelicots imprimés dessus, exactement comme la tête de biche la première fois avait reposé parmi les mêmes fleurs des champs. La vie semblait encore palpiter dans la tête de la biche, alors que dans la dépouille du lapin elle s'était retirée depuis bien plus longtemps. Sans doute pour ça que le soir nul rêve de lapin bondissant n'avait surgi dans mon sommeil.

Je descends un peu vite du tabouret, quitte ma place de guetteuse au carreau, me dirige vers l'escalier qui monte au premier, et alors? Je dirai à Oma que je me sens fatiguée. Je sais, Oma est une personne subtile, de celles qui savent toujours ce qu'on pense et qu'on ne dit pas.

Je n'aime pas passer par le couloir, le couloir est l'endroit que j'aime le moins dans la maison, c'est inutile un couloir, ça ne sert à rien d'autre qu'à faire venir les mauvaises nouvelles, je passe rapidement devant la glace du couloir je vois ma silhouette furtive, mais j'ai le temps d'y comprendre le sens du mot Poltronne.

Venez passer un week-end en pleine forêt avec les chercheurs et les forestiers de l'institut M., était-il écrit sur la plaquette. Et le prospectus détaillait la journée Lever à 6 h, safari d'observation de l'animal, puis visite de la forêt menée par les chercheurs eux-mêmes, relevé d'empreintes, mais les photos avaient été prises en plein jour, vraisemblablement en été, au moment où la forêt sécrétait le moins d'inquiétude. Il y avait aussi des photos du bâtiment, un long bâtiment moderne qui inspirait confiance, fenêtres, portes, clarté, une série de chambres toutes identiques comme des cellules pour les visiteurs et on voyait aussi l'intérieur d'une chambre, des chambres spartiates, le minimum vital, lit, chaise, bureau, mais l'ensemble avait l'air propre et clair. Rien à redire, l'endroit était parfaitement avenant. Lever 6 h, dîner 18 h. Observation d'animaux, foresterie, écologie, la forêt comme vous ne l'avez jamais vue, disait la plaquette. Pour qui m'étais-je prise ? Pour une qui n'avait peur de rien alors que j'avais peur de tout. Le prospectus s'était bien gardé de parler de neige, de nuit qui tombe à quatre heures de l'après-midi et de clignotant rouge qui fondait au loin dans une mélasse de brouillard. Mais déjà un bruit de moteur se fait entendre sur le chemin en face. Un homme jeune sort d'un pick-up et claque la portière.

— Mon nom est Éric, vous avez fait bon voyage ? me dit-il venant à ma rencontre, offrant sourire et poignée de main.

Je grimpe dans son pick-up. La vie est à nouveau un film américain.

Pourquoi parler des pleurs après avoir parlé des peurs ? Je n'associe pas peurs et pleurs comme le fait la langue française, j'ai rarement pleuré de peur sauf quand j'étais enfant peut-être. Simplement j'ai remarqué qu'avec l'âge quelques-unes des peurs disparaissent comme par miracle de même que certains pleurs.

Ce n'est pas un endroit pour pleurer. Ce n'est pas une raison non plus.

Une banquette arrière de taxi.

Pas un endroit, pas une raison, et pourtant je pleure.

Une collègue est assise à côté de moi. J'aurais voulu réprimer mes larmes pour ne pas l'embarrasser, je n'ai pas pu.

— Ce doit être la fatigue, dit-elle. Tout s'est bien passé, tu n'as aucune raison de t'inquiéter, dit-elle en me pressant légèrement la main.

La pression et la tiédeur de sa main me donnent encore plus envie de pleurer.

— Oui, tout s'est bien passé, je réponds.

Une grande femme avec une robe verte a dit à une autre en enfournant un canapé dans sa bouche tordue de rouge à lèvres Tu devrais goûter ça, ça a un petit goût de matcha. Moi je trouve pas, l'autre a répondu. Une troisième est passée et m'a donné un coup de sac sans s'excuser, peut-être n'a-t-elle pas vu. Puis une autre m'a frôlée, une coupe de champagne à la main, très maquillée avec un châle de soie turquoise jeté sur les épaules. Les femmes avec des châles jetés négligemment sur une seule épaule, je préfère ne pas les croiser, alors quand j'ai vu cette femme, je me suis arrangée pour regarder ailleurs. Moi aussi j'avais une belle robe ce soir, on me l'a dit. Mais les belles robes n'ont jamais empêché les femmes de pleurer. Rien que cette idée du beau qui ne suffit pas à empêcher de pleurer me donne encore plus envie de pleurer. Le rimmel me coule sur les joues, je m'essuie avec un kleenex, ce doit être tout noir autour des yeux, mieux vaut ne pas frotter. Dans le rectangle du rétroviseur, je me vois, le rimmel coule et le pourtour des yeux est barbouillé de noir. C'est étrange de voir dans le rectangle du rétro une petite bande de soi triste, une petite bande de soi pleurant, seulement ce rectangle-là de sa personne, seulement celui par lequel on peut voir qu'on est triste. Si le rétroviseur avait reflété mes épaules ou mes genoux je n'aurais pas pu voir ma tristesse, mais le rétro reflète ce rectangle-là et pas un autre. Si je vois la petite bande de moi, c'est que le chauffeur de taxi la voit aussi. Il a chargé une femme qui pleure, il me voit mais n'en laisse rien paraître. Pendant sa formation de taxi, on a dû lui dire quoi faire en cas de malaise d'un client, en cas de crise d'épilepsie, de coma éthylique, mais en cas de femme qui pleure, rien. Il doit se débrouiller comme il peut avec la femme qu'il a chargée et qui s'est mise à pleurer seulement après qu'elle est entrée dans son taxi, pas avant sur le trottoir sinon il ne l'aurait peut-être pas prise. Il choisit de faire comme s'il n'avait rien vu. Une délicatesse ou une lâcheté dont je lui suis reconnaissante. Il ne baisse pas la radio, ne demande rien, et s'il est obligé de regarder dans son rétro, c'est très rapidement sans s'attarder sinon son regard croiserait le mien, et alors il y aurait collision de regards dans le rétro, c'est précisément ce que le chauffeur veut éviter.

Très réussie, votre soirée, deux personnes sont venues me le dire comme si c'était ma soirée, alors que c'était seulement celle que j'avais organisée pour mon entreprise, mon travail était d'organiser ce genre de soirée et de faire en sorte qu'elle soit réussie. Je n'ai aucune raison de pleurer, ma collègue a raison. Le fait de pleurer sans raison me fait encore plus pleurer. Le chauffeur de taxi aurait préféré sans doute en charger une qui ne pleure pas parce que ça lui pose tout de même un cas de conscience cette femme qui pleure dans son taxi. Il vient d'un pays lointain que je n'arrive pas à identifier, d'autant qu'il n'a pas encore ouvert la bouche. Dans son pays on ne doit pleurer qu'en cas de faim, de froid ou de guerre, en cas d'enfant malade.

C'est la nuit, le taxi glisse dans la ville sur la chaussée mouillée, j'ai toujours aimé que ça glisse, toujours aimé les trottoirs mouillés des villes, et toujours aimé entendre le bruit des roues des taxis qui glissent sur les chaussées pleines de pluie, un bruit mat, doux. Il n'y a eu aucun couac, tout était réussi. Un petit goût de matcha, les épaules nues des femmes, les châles caressants et les bribes de conversation, tout avait été soyeux, tout avait glissé.

Le président est d'abord apparu sur scène, mais il n'a pas fait son discours comme tout le monde s'y attendait, n'a pas aligné les chiffres que tout le monde escomptait, les taux de progression, les prorata et les bénéfices. Il y a eu une musique, une musique dans l'air du temps, comme on nous en invente tous les ans, que tout le monde aime, connaît et fredonne, puis il s'est mis à remuer au rythme de cette musique familière, personne n'en revenait, mais tout le monde a bien dû se rendre à l'évidence, le numéro un était en train de danser. De danser, oui. Puis le numéro deux est apparu (c'est une femme), il est apparu et n'a pas non plus prononcé un mot, il a commencé aussi à bouger ses hanches. Par son anatomie et son âge, il semblait plus souple et plus adapté à la danse dans l'air du temps que le patron. Puis par un signe ils ont tous deux invité leurs salariés à faire de même. Dans un premier temps, les salariés se sont regardés, d'abord interdits, ne sachant que faire. La femme, le numéro deux donc, leur a fait signe qu'ils pouvaient y aller eux aussi, se lâcher, lâcher prise. C'est cela que voulait dire le mouvement d'encouragement des deux paumes ouvertes vers le ciel qui montaient et descendaient. Les salariés se sont d'abord sentis comme rouillés, ankylosés, ils se regardaient les uns les autres sans oser bouger. Ils savaient qu'ils n'étaient pas obligés de le faire, que leur place n'était pas en jeu, mais ils l'ont fait quand même. L'un a commencé, un grand mince, naturellement fait pour la danse, puis un autre, taille moyenne corpulence moyenne, puis les femmes s'y sont mises aussi. Au début timidement puis un peu plus volontiers. Sur la scène le numéro deux (une femme, donc) y allait franchement maintenant, accentuant bien la cambrure de son dos et levant même ici ou là ses bras au ciel. Voyant comment elle y allait, les salariés y sont allés aussi, au début ne sachant toujours pas quoi en penser mais maintenant y allant franchement. Seul un homme, un rond avec des kilos sur le ventre et des kilos sur les hanches, avait eu un peu de mal à se dérouiller, au début il jetait des regards apeurés alentour, puis voyant qu'il était le dernier à se bouger, il s'était mis lui aussi à se trémousser, d'abord timidement puis un peu plus franchement, mais il continuait malgré tout à lancer des regards de supplicié, quand va cesser cette mascarade, pourquoi lui avoir imposé ces déhanchements, il aurait travaillé aussi bien que d'habitude sans cela, il aurait été aussi consciencieux, il serait venu à l'heure comme d'habitude, sa productivité n'aurait pas faibli pour autant. Il donnait tout son temps, tout son espace à l'entreprise, mais ça, la danse, il ne pouvait pas, non, pas la danse. Ne voyait-on pas que son corps n'était pas fait pour elle, ni son corps ni son esprit, il était ingénieur, avait fait des études d'ingénieur au cours desquelles on lui avait parlé de tout ce qui l'attendait dans une entreprise, de tout ce à quoi il devrait se plier qu'il le veuille ou non, mais personne ne lui avait jamais dit qu'il faudrait aussi un jour danser sur un air à la mode. À présent le numéro un et le numéro deux actionnaient des pupitres imaginaires comme ceux des candidats d'un célèbre jeu télévisé, la plupart des salariés bougeaient eux aussi leur corps avec plus ou moins d'aisance, il s'en était même trouvé un dans l'assemblée pour envoyer valdinguer sa veste anthracite à la suite du grand patron qui l'avait envoyée le premier dans la foule, le patron en chemise blanche sur le podium, mais la cravate toujours nouée autour du cou. Sur le visage une joie mauvaise défigurait ses traits, il était tout à la danse, pas loin de la transe, et il faut avouer qu'il ne s'en sortait pas si mal et que même il avait un certain sens du rythme. Il continuait des deux mains à faire semblant d'appuyer sur un pupitre imaginaire comme le voulait la danse dans l'air du temps et ce geste de faire semblant d'appuyer lui donnait de la joie mauvaise. Plus il appuyait, plus ses traits se déformaient dans une jubilation forcenée. Cela, l'homme un peu gros ne le voulait pas, à l'entreprise il voulait bien donner de son temps, de son âge, de sa pensée, mais ça non, il ne le ferait pas, il ne ferait pas semblant d'appuyer sur des pupitres imaginaires. Mais déjà le numéro un et le numéro deux applaudissaient à tout rompre avant d'être imités par l'ensemble des salariés.

Peut-être à cause de cet homme que je pleure à présent, cet homme qui avait eu tant de mal à faire semblant. Très réussie, cette soirée, j'ai eu des compliments et toutes les bribes de conversations que je pouvais attraper le montraient, très très, réussie, très subtil, ce petit goût de matcha, ce que c'est beau une épaule, l'une des parties les plus célestes du corps humain, ne trouvez-vous pas ?

Que pense de moi le chauffeur venu d'un pays où les femmes pleurent seulement quand elles sont dans de grandes souffrances, qu'elles ont perdu leur enfant et encore, pas quand elles sont dans des taxis qui filent la nuit comme des félins sur des chaussées luisantes. Collée sur le pare-brise, la petite bande de moi chialait toujours, une petite bande de moi barbouillée maintenant de rimmel, pommettes, sourcils, yeux et même un petit bout de nez.

Non, aucune raison de pleurer.

Je rejoins la collection des femmes qui pleurent et que j'ai constituée à mon arrivée dans cette ville, il y en avait quantité, des jeunes pendues à leur téléphone dans la rue, oubliant leur amour-propre, seul comptait leur amour perdu Non tu peux pas me faire ça, non, dis-le que c'est pas vrai, d'autres encore dans la rue, sans téléphone, des jeunes, des mûres, plutôt des jeunes, une fois une mariée dans une grange décorée avec des violonistes tsiganes qui venaient jouer à l'oreille et elle, la mariée, qui n'arrêtait pas, et voilà que je suis dans ma propre collection. Peut-être le chauffeur de taxi va-t-il lui aussi commencer une collection de femmes qui pleurent dans son taxi, ça a déjà dû lui arriver, peut-être simplement va-t-il le dire à sa femme demain matin en se levant C'est drôle j'ai vu une femme qui pleurait dans mon taxi, elle n'avait l'air de manquer de rien. Une femme pourtant bien habillée qui avait l'air de manger à sa faim. Et sans doute sa femme haussera-t-elle la partie la plus céleste de son corps.

Aujourd'hui je pleure sans raison apparente. Il y a quelque temps, j'aurais eu des raisons apparentes, mais je n'ai pas pleuré.

Rien n'a changé dans le matin d'avril. Le linge se balance sur la corde à linge comme si de rien n'était. La grande douceur de ce tableau, un pantalon et deux chemises qui gonflent et dégonflent au vent, le dessin sans cesse autre des figures mouvantes. La grande cruauté de ce tableau, un pantalon et deux chemises qui sèchent pour rien. Ses habits, il ne les mettra plus, il ne les remplira plus. Il n'est plus là pour les remplir. Dans le matin d'avril son pantalon, ses deux chemises sont les trois seules choses qui restent de lui. Ça et la fenêtre de sa chambre restée ouverte. Il est encore là, cette lessive faite la veille, c'est tout récent, ça n'a pas pu avoir déjà lieu. C'est lui-même qui l'a accrochée avant de partir. Un geste simple, trivial, accrocher une lessive, mais quand la personne ne revient plus, le geste simple et trivial devient scandale. On ne fait pas de lessive quand on sait qu'on ne va pas revenir.

En arrivant, j'ai tout de suite vu le linge qui se balançait au bout du fil et suis descendue au jardin pour le décrocher. Pour faire cesser le scandale du pantalon et des chemises qui gonflent et dégonflent au rythme du vent, et ne seront plus jamais remplis d'autre chose que de vent. Pantalon et chemises faisaient comme s'ils allaient revêtir des jambes, un torse. Une lessive pour rien. Le pantalon et les deux chemises qui séchaient au vent étaient plus scandaleux que son autre linge, qui dormait au fond des commodes et des armoires. Du linge qui sèche, qui gonfle et dégonfle au rythme du vent, respire, il est vivant. Celui qui repose inerte au fond des armoires, sec, rangé et plié, est déjà du côté des morts. Aussi suis-je immédiatement descendue au jardin faire cesser le scandale de la vie qui s'accroche encore au linge. Mais quand j'ai voulu saisir la première pince pour en décrocher la première chemise, je n'ai pas pu. Je me suis arrêtée net et suis remontée à la cuisine. Le linge désormais inutile a continué de se balancer au bout de la corde, se gonflant et se dégonflant tour à tour, dans le dessin sans cesse autre des figures mouvantes.

Dès que j'y suis revenue après avoir entendu la nouvelle, dès que j'ai poussé la porte d'entrée, j'ai été saisie par le son nouveau que rendait la maison. Un son de maison vide, vidée pour toujours de son unique occupant. Mais quel occupant. Il y a des êtres qui ne prennent pas beaucoup de place, mon père en prenait beaucoup. Il faisait partie de ces êtres qui expriment leurs sentiments, chantent, rient, gueulent et beuglent à tout va. Ces êtres habitent la moindre parcelle de leur corps, de leur maison et de leur existence.

Ce n'est plus la même maison. Elle paraît tout d'un coup trop grande, à peine la porte d'entrée ouverte, on le perçoit, le silence et l'espace sont devenus trop grands. La maison excède son volume habituel. Dès le couloir on le sait. Je n'ai jamais aimé les couloirs, ils m'ont toujours fait peur, c'est quoi au juste la fonction des couloirs, leur inutilité peut-être. C'est normal, m'a dit mon ami — le même que celui de la courbe de fécondité et la température ressentie —, la mort passe toujours par les couloirs. C'est vrai, j'y ai toujours entendu les mauvaises nouvelles, Martine est morte, mon oncle faisant la tournée de ses frères et sœurs le jour où sa fille Martine est morte. Il allait dans les couloirs des maisons pour la crier partout sa phrase Martine est morte, ma fille Martine est morte. La mort passe par les couloirs, mon ami a une fois de plus raison. À l'intérieur de la maison ce n'est pas le même espace, ce n'est pas le même temps, c'est pourquoi la maison rend un son nouveau. Celui du vide. En une nuit elle est devenue soudain trop grande et trop silencieuse, de son temps à lui elle avait de bonnes proportions et rendait un son auquel on ne prêtait aucune attention. L'événement a donné à la maison d'autres dimensions et un autre son. Pourtant il y vivait seul. Les êtres qui ont de la présence remplissent à eux seuls les grandes maisons.

Je descends au jardin car j'ai vu depuis la fenêtre de la cuisine le linge flotter inutilement dans le vent du matin, je veux le rentrer pour faire cesser l'inutilité, je suis là, je tends la main vers la chemise je n'y arrive pas. La façon qu'il avait de remplir ses vêtements, ses pantalons, ses chemises était la façon qu'il avait de remplir sa vie. Une façon terrestre, campée. Il y a des êtres plus vivants que d'autres, moins faits pour la mort que d'autres. De leur vivant, ce n'est pas facile de vivre auprès d'eux, tant ils prennent de place. Quand la mort les enlève, ils en prennent encore plus.

Ne sachant plus où aller, fuyant le couloir, évitant le jardin, je me suis réfugiée dans la salle de bains. Au moins il n'y avait pas de fenêtre. Je me suis postée devant la glace où il s'est tant de fois regardé lui-même. Et me suis accroupie exactement à la place où, enfant, je le regardais se raser. Exactement à la place et exactement dans la posture, l'enfance revenue d'un bloc dans le cercle de mes genoux. Il était là debout avec sa corpulence, son corps qui était un vrai corps, massif, ancré dans la terre. Mon père avait rarement honte et se faisait rarement du mouron pour rien. Sa façon frontale de se planter dans le réel, la carrure, l'écartement de ses pieds, rien ne fuyait chez lui, tout était dans l'axe, prêt à l'affrontement avec le réel, un taureau du réel, mon père. Il se postait devant la glace, en tricot de peau blanc, le visage tout blanc de savon à barbe, d'une main il touillait avec énergie le savon avec son blaireau, ça moussait il fallait voir comment, et moi accroupie à ses pieds, Qu'est-ce que t'as à me regarder comme ça ? Tu veux ma photo ou quoi ? Parfois il m'éclaboussait la figure avec de l'eau pour me faire déguerpir, mais en vrai il était content que je sois là comme un petit chien à le regarder par en dessous, la contemplation religieuse de la séance de rasage, contre-plongée sur corps massif, la façon de tourner la mousse dans le bol, puis de l'appliquer ensuite sur le visage avec le blaireau, prendre le rasoir, vérifier la lame, puis pencher le visage jusqu'à le tordre dans une sorte de grimace, enfin appliquer la lame sous un certain angle, dans une concentration extrême, puis renouveler l'opération de l'autre côté toujours avec la même grimace et la même concentration. C'est pas le moment de me faire rigoler, qu'il disait, tournant seulement ses yeux pas sa tête vers sa petite fille accroupie sur le sol carrelé. La lame du rasoir à la tangente de la joue, il ne pouvait pas bouger la tête d'un iota sinon c'était la coupure. Et le juron qui allait avec, pas du genre à mâcher ses mots. Quand tout était fini, il expédiait le reste de la besogne, nettoyer les ustensiles, rincer le lavabo à grande eau, saisir une serviette propre et se l'appliquer sur le visage et finalement me la balancer sur la figure. Et puis quitter la salle de bains en chantant à tue-tête une ritournelle qui ensuite me fichait ma journée en l'air, je n'arrivais pas à m'en débarrasser, je l'avais encore dans la tête le soir en m'endormant.

Je n'arrive pas à me débarrasser de la joie de vivre de mon père.

De mon poste d'observation carrelé, je regarde le miroir par en dessous. Parfaitement vide et silencieux. Nulle éclaboussure nulle chanson ne vient troubler l'impassibilité du plan lisse. Nulle joie.

Avant on mettait un voile sur le miroir quand il y avait un mort dans une maison.

Je comprends.

Parfois j'en vois en pleine rue qui s'essuient le rimmel, qui reniflent, la digue de la dignité, tu parles !, les pleurs submergent jusqu'au souvenir de l'amour-propre, nulle décence qui tienne, la bonne éducation et puis quoi encore, dans le train dans le métro en pleine rue, ça les prend, elles peuvent pas lutter, certaines sont accrochées à leur téléphone portable, elles supplient Non non tu peux pas me faire ça. Ça sert à rien, l'autre le fera quand même. Ils vont quand même pas rester par pitié, ils ont raison, la pitié est le seul sentiment vraiment dégueulasse, le seul vraiment de tous les sentiments que je connaisse, on peut racheter tous les autres mais pas celui-là. Je n'ai presque jamais vu d'hommes pleurer, du moins pas dans la rue, peut-être attendent-ils d'être chez eux, leurs mères paraît-il leur disent de ne pas pleurer si ce sont des hommes, elles ne disent rien à leurs filles quant aux larmes, pas de recommandation particulière, elles font comme elles peuvent. Dans ma collection je n'ai eu qu'un homme en pleine rue, en pleine ville, mais tellement saoul qu'il avait dû oublier le conseil de sa mère.

Les gens sont venus me remercier, c'était réussi, rien à redire, les canapés, les épaules, les robes, il n'y avait aucune raison de s'inquiéter, seulement rentrer chez soi, se déchausser, envoyer valdinguer ses escarpins, s'allonger sur le sofa puis se démaquiller, c'était fini, fini, alors pourquoi, non, aucune raison, les épaules, le matcha, la soie, la conversation, tout avait glissé, le champagne, les discours, les gens étaient venus me le dire, j'avais eu des compliments, des remerciements, ma collègue à côté sur la banquette me fourre un nouveau kleenex dans la main, le chauffeur élude le rétro tant qu'il peut, parfois il ne peut pas, parfois lui et moi on se rencontre dans le rétro, c'est la collision, ma collègue à côté ose à peine respirer, me parler ou non, me demander pourquoi, ou me laisser en paix comme le chauffeur, elle choisit la paix, la non-intervention, parfois la lâcheté est la meilleure des solutions, laisser glisser la voiture sur la chaussée mouillée, le bruit du moteur, la perfection d'un félin, laisser faire.

— Je pleure à cause de la danse, je dis soudain.

— Comment ça, la danse ? demande ma collègue.

— C'est à cause de moi qu'ils ont dansé, c'est moi qui ai eu cette idée, les boss, ils n'y avaient pas pensé, c'est moi qui leur ai soufflé. Danser moi-même, j'étais pas obligée, puisque j'avais eu l'idée, et quand on a une idée pour les autres généralement on est exempté de se l'appliquer à soi-même, et moi j'ai dansé comme les autres. Quand je l'ai fait, j'ai eu envie de pleurer, mais même ça je pouvais pas, j'ai encore dû attendre d'être dans le taxi pour pouvoir.

Ma collègue cette fois ne trouve plus de mots de consolation. D'ailleurs elle n'en cherche plus. Elle sait comme moi qu'on peut tout faire sous la contrainte, mais pas danser.

J'ai finalement pu rentrer de l'hôpital. Les tests n'ont rien donné. Ils ont accepté de me laisser sortir. Quand je suis revenue chez moi, je ne trouvais plus rien. Je ne savais plus où était ma chambre, si j'avais déjà fait ma toilette ou non. Cependant je ne voulais plus retourner à l'hôpital. Là-bas, c'était participation obligatoire aux ateliers mémoire. Une dame venait trois fois par semaine et nous demandait d'imaginer de petits souvenirs. Même un tout petit, et je serai contente, elle disait. Certaines n'arrivaient pas à en trouver, même un tout petit. Mais pour autant la dame ne disait jamais qu'elle n'était pas contente. Dès qu'elle arrivait, elle faisait ce qu'elle appelait un tour de table. Chacune devait donner son nom et son âge. Un jour, quand ça a été mon tour, j'ai eu un trou, pas pour le nom mais pour l'âge. Je n'ai pas d'âge, je lui ai dit. Là encore la dame n'a pas dit qu'elle n'était pas contente. Mais comme des souvenirs j'en avais encore des centaines, j'avais eu le droit de quitter l'hôpital.

Quand je suis rentrée chez moi, je ne me rappelais plus l'emplacement de ma chambre ni le moment de la journée, matin, midi ou soir. Au réfectoire de l'hôpital, ils avaient une horloge spéciale divisée en trois bandes, qui indiquait en rouge les heures du matin, en jaune, celles de l'après-midi et en bleu, celles de la nuit, on ne pouvait pas se tromper.

À mon retour à la maison, mon fils est venu me rendre visite et m'a trouvée seule à la fenêtre, assise sur une chaise, regardant à travers les croisées. Un jour blanc jetait des paquets de lumière incertaine dans le salon. Que regardais-je ? Le matin, l'après-midi ou le soir ? L'horloge de mon salon ne m'était d'aucun secours.

Il est entré, s'est assis en face de moi, alors j'ai pris ma tête dans mes mains et je me suis mise à pleurer.

— Ça te dérange pas que je pleure ? je lui ai demandé.

— Non, ça ne me dérange pas. Qu'est-ce qui se passe ? a-t-il répondu.

— Oh je peux pas te le dire.

— Je comprends.

— Oh et puis si, je peux te le dire mais tu comprendras pas. Je jouais à l'école, je faisais rien de mal, j'étais juste avec ce garçon et on faisait rien de mal, il m'a juste demandé de marcher devant lui pendant que lui me regarderait. Et puis tout d'un coup il m'a demandé de me retourner et il m'a souri. On faisait rien de mal, juste ça, marcher et se retourner et sourire, tu trouves ça mal ?

Mon fils a fait un signe de la tête qui voulait dire Non il ne trouvait pas ça mal.

J'ai repris ma tête entre mes mains et j'ai pleuré, mais je n'avais pas de larmes.

Soudain on a frappé à la porte.

Aussitôt j'ai recouvré mes esprits et mon âge. J'ai rajusté ma jupe, j'ai passé la paume de ma main sur le tissu pour la défroisser et me suis recomposé un visage devant le miroir du buffet.

— Ça se voit que j'ai pleuré ? j'ai demandé à mon fils.

Je n'ai pas attendu la réponse, me suis essuyé rapidement les yeux avec la manche de mon pull, me suis dirigée vers la porte et j'ai ouvert.

Dans une cour à l'arrière d'une maison Phénix des années soixante-dix, une bonne sœur d'âge moyen joue au badminton avec une fillette. Voile pour la sœur, longue robe noir et blanc, et short rose et tee-shirt rayé rose et gris pour la fillette. Un voile noir recouvrant une sorte de coiffe blanche encadre l'ovale parfait du visage de la sœur tandis que celui de la petite fille est entouré de deux couettes attachées par deux élastiques avec des boules de plastique rouge au bout. Les deux joueuses sont concentrées sur le vol présumé du volant, sur sa trajectoire probable, elles anticipent, se concentrent, se positionnent pour réceptionner au mieux le volant, elles ont les yeux au ciel, voile noir et blanc et couettes châtain volent pareillement. Plus rien d'autre au monde que le vol de cet objet blanc à embout de caoutchouc rouge qui va de l'une à l'autre.

Le soir en faisant sa toilette la fillette observe attentivement son visage devant le miroir, puis elle prend une serviette blanche et se la met autour de la tête de façon à bien la plaquer sur ses cheveux et les encadrer de la sorte. Ainsi elle ressemble un peu à la religieuse. Son visage en effet est à présent aussi ovale que le sien, la courbe parfaite est encore soulignée par le rebord blanc de la serviette. Elle pourrait presque avoir le même âge que la sœur.

Quand la fillette sera devenue une femme plus tard, à plusieurs reprises elle se souviendra de cette scène du badminton. Quand elle se regardera dans un miroir ce sera toujours cette scène qui lui reviendra. Pourquoi ce moment anodin et pas un autre, elle ne le comprendra jamais. Rien de marquant ne s'était passé, rien à signaler, nul incident, nulle anicroche que le renvoi presque lancinant du volant blanc à embout rouge et la concentration, on avait compté les points, à la plus longue partie on avait fait vingt-deux. On comprend mal comment est rangé le bric-à-brac de la mémoire. Certaines scènes apparemment insignifiantes se rappellent à nous avec netteté et d'autres, fortes, qui ont tout pour se rendre inoubliables, sont oubliées. La fillette d'alors s'était demandé quel âge pouvait avoir la bonne sœur. Il était impossible de lui en donner un. Aujourd'hui la femme qu'elle est devenue ne saurait pas mieux le deviner.

Les sœurs vieillissent moins vite que les autres femmes, le temps les épargne, elles vivent sous cloche, les rayons oxydants du monde ne les atteignent pas, leur ordinateur ne les lâche pas, elles ne se font pas plaquer par leur mari, leur mari c'est Dieu, chaque jour est semblable à l'autre, elles s'en contentent, elles ne font pas de fausse couche, n'ont pas de retards de règles, n'accouchent pas dans la douleur et ne sont pas réveillées à trois heures du matin par les cris de leur bébé, elles vieillissent tout doucement à la lumière d'abat-jour jaunis, leurs doigts blancs posés sur le papier bible de leur missel. Le dialogue avec l'éternité fait moins vieillir que celui avec le siècle. Les scientifiques et les laboratoires pharmaceutiques devraient les étudier, au même titre que les paysans des vallées crétoises ou de lointaines vallées chinoises, mais va donc extorquer son secret à une bonne sœur.

LA VIE INTÉRIEURE

Depuis que j'ai pleuré dans le taxi je suis une autre femme. Je m'avance dans les situations sans idée préconçue ni jugement. La possession des êtres et des choses ne m'intéresse plus, cela s'est détaché de moi comme un fruit mûr tombe d'un arbre.

Je demande où est la salle de bains. L'homme que j'aime m'y accompagne, m'ouvre la porte et allume l'interrupteur.

C'est la première fois que je suis dans la salle de bains de leur maison.

— Je t'attends là-haut dans la chambre, viens vite, me souffle-t-il à l'oreille avant de me déposer un baiser sur le front.

Je referme la porte derrière laquelle sont fixées deux patères, une pour Monsieur avec un peignoir à rayures et une pour Madame avec un kimono à motifs floraux rose et bordeaux où s'entrelacent des figures géométriques comme souvent sur les tissus japonais. Madame a bon goût.

Je veux me laver les mains, saisis le savon. Un savon vert qui sent bon et que je porte à mes narines, il sent l'odeur citronnée de la verveine. Je me regarde dans la glace. Chaque fois que cet homme m'embrasse, sa barbe me pique et ma peau devient toute rouge, comme passée à la toile émeri. Pourtant je me suis rasé ce matin, il dit toujours. Justement c'est la barbe du jour qui pique, pas celle de quelques jours, j'ai beau lui expliquer, chaque fois que je le retrouve sa barbe me pique.

Elle doit sentir la verveine quand elle est près de lui.

Sur la tablette au-dessus du lavabo, il y a un pot de crème. Crème de nuit est écrit dessus. J'ai envie de l'ouvrir, ça a l'air onctueux comme texture. La couleur aussi est avenante, rose pâle. Je ne résiste pas. Avec mon index j'en prends une petite noisette et l'étale sur mon visage, ça sent bon. Je me regarde dans la glace avec sa crème sur le visage. Je pourrais être elle mais je suis moi.

Si je savais à quoi elle ressemble je pourrais encore mieux être elle, mais je ne l'ai jamais vue ni en vrai ni en photo, il se garde bien de me la montrer. Je referme le pot et le repose sur la tablette. Peaux sèches et sensibles est écrit dessus. Sur la tablette il y a aussi un flacon d'eau de toilette Chant d'arômes, ce que les noms de parfums peuvent être cons alors ! N'empêche, j'en mets quand même une goutte derrière l'oreille.

C'est elle qui devrait être devant cette glace, pas moi.

Sur la tablette sont également posés une brosse à cheveux et un peigne. Des lettres dorées sont gravées sur la brosse, dont certaines sont effacées. Je les devine, l'ensemble donne : Soies de sanglier. J'aimerais bien me brosser les cheveux avec, mais je dois renoncer. J'y laisserais mes propres cheveux. Il me le rappelle à chaque fois que je quitte la maison T'as rien oublié, t'es sûre ? Gaffe aux cheveux et aux pinces qui traînent. Tant pis, j'ai envie mais je ne le ferai pas. Je me contente de prendre la brosse et de l'observer. J'y vois quelques cheveux longs et bruns pris dans les soies. Oh tiens ! Un cheveu blanc. Pendant un instant je savoure ma victoire. Elle est plus âgée que moi. L'instant d'après je m'en veux de penser ça. En vertu de quoi une femme plus jeune serait-elle plus séduisante qu'une femme plus âgée ? Oui, mais je l'ai pensé et le pense encore peut-être, bien que je connaisse des tas de femmes d'âge mûr plus séduisantes que des femmes jeunes, oui mais je préfère tout de même avoir mon âge.

Lui aussi visiblement.

Ses cheveux sont très différents des miens, qui sont plus clairs et mi-longs. Je laisse la brosse à regret, mais un coup d'œil au rebord de la baignoire me donne davantage de renseignements sur la nature du cheveu, shampooing cheveux secs reflets auburn lavages fréquents, c'est écrit sur un flacon.

Le kimono continue de me tarauder, je n'en ai jamais essayé de ma vie, je ne peux résister, le décroche de la patère et l'enfile. Elle doit être plus petite que moi, les manches trop courtes m'arrivent aux coudes. Les teintes rose et bordeaux des fleurs et pétales de cerisier sont décidément seyantes.

Je me regarde à nouveau dans la glace où je vois les motifs floraux du kimono rose à manches larges.

Je partage désormais beaucoup de choses avec cette femme, son parfum, sa crème de nuit et son kimono. Et aussi son mari.

J'enlève tout doucement le kimono et sors de la salle de bains. Pourquoi ferais-je souffrir une femme à la peau sensible, aux cheveux à reflets auburn, qui sent la verveine et qui aime le rose et le blanc des fleurs de cerisier ?

Je quitte la salle de bains, prenant garde de ne faire aucun bruit, leur chambre où il m'attend est située juste au-dessus.

Posséder les êtres ne m'intéresse plus, je l'ai dit. Les séduire non plus.

Un jour un homme m'arrête dans la rue pour me demander si je fais du sport. Je ne lui réponds pas. Les hommes courent après les femmes, j'ai l'habitude. Non je n'ai jamais rien fait — ni sport ni massage — pour avoir la taille souple et la démarche élastique. Cadeau. Pas de plus grande désinvolture qu'une jeune fille qui offre à la rue et au soleil sa démarche, sur le haut de la tête une queue de cheval dressée au ciel et aux pieds des espadrilles qui la propulsent vers une saison bondissante. Cette façon unique qu'elles ont de s'accaparer le monde, la lèvre supérieure gonflée d'une joie soudaine. L'évidence est toujours une insolence. Je n'ai jamais rien demandé et encore moins mérité. Le mérite est une idée de vieux, une idée qui exige que l'on doive se baisser pour ramasser, alors que la terre est basse. Cette idée, je ne peux la concevoir à un âge où l'on ne se baisse pas, où l'on marche dans les rues la tête rivée à la joie du ciel car tout ou presque en tombe.

Cette scène a eu lieu il y a longtemps. Mais je continue dans la suite des années d'habiter le corps qui a toujours été le mien, celui qui s'est une fois pour toutes figé vers l'âge de dix-sept ans, cessant malgré moi d'enregistrer tout changement advenu depuis lors. Non par coquetterie mais parce que ce nouveau corps qui est le mien, je n'ai pas encore eu le temps de l'habiter, je ne le reconnais pas encore comme le mien.

Avant de me coucher je me déshabille et me plante tous les soirs devant la grande glace qui recouvre les vantaux du placard de ma chambre. Assise sur le lit, placide, les jambes légèrement écartées et campées devant le miroir, je peux bien me voir de face plein cadre. Avec le paquet d'années, la taille s'est épaissie, la chair du ventre, plissée, mais il subsiste une ligne d'ensemble. De face comme de profil, je peux le vérifier.

On ne m'arrête plus dans la rue pour savoir si je fais du sport. Et c'est tant mieux, ça m'arrange bien d'en avoir fini avec la séduction. Je suis bien tranquille depuis que plus personne ne m'arrête dans la rue autrement que pour me demander où est le musée, où est le stade, c'est bien assez. Les nouveaux seins eux aussi me plaisent pas mal. Ils ont perdu de leur superbe, mais étalés ainsi dans leur nouvelle onctuosité, ils m'émeuvent. Cependant le corps avec lequel je suis au monde continue d'être mon ancien corps, celui que j'ai toujours eu, celui qui ne cesse de m'accompagner depuis l'âge de dix-sept ans environ. De corps, je n'en connais pas d'autre. Celui dont le miroir me renvoie à présent l'image n'a pas encore eu le temps de s'imposer à moi, bien que ce soit le mien depuis un certain temps j'imagine. Les choses se sont passées à mon insu, comme sans doute une grande partie de ma vie, c'est une chance pour les humains de voir ainsi la moitié des choses leur échapper.

Il y a une certaine impudeur à contempler ainsi dans le miroir un corps qui n'est pas le sien.

Voilà ce dont j'aurais parlé si j'avais été ma propre étudiante, si j'avais dû traiter le sujet que j'avais donné le matin même aux étudiants étrangers.

Qu'est-ce que la pudeur pour vous ? Argumentez.

Dix heures du matin. Le sujet tombe. Taeksoo, l'étudiant coréen, plonge tête baissée dans les abysses du sujet et l'énigmatique sourire qu'il arbore parfois — rarement — ne le quitte plus d'un bout à l'autre de la rédaction de son essai durant une heure trente. Taeksoo est plus âgé que les autres, mais aussi plus taciturne et concentré sur l'essence de son être. Sourire et parole rares, mais il irradie du fond de la classe l'énigme d'une présence dense, magnétique. Souvent il m'arrive de peiner devant mes étudiants pour leur expliquer un mot ou une expression française avec des mots simples qui ne soient ni des synonymes ni des exemples. Heureusement je n'ai jamais eu à expliquer Avoir de la présence. Un être a de la présence, aurais-je dit, quand il est un bloc de haute concentration. Avoir de la présence, c'est avoir la capacité de changer la composition de l'air autour de soi. De faire advenir l'opacité, l'énigme. C'est-à-dire ce qu'on ne connaît pas, ce qui manque ou fait défaut, donc un paradoxe quand on parle de présence, mais à chaque fois j'aurais dû expliquer d'autres mots, opacité, paradoxe, capacité, composition. Bref, l'explication de la présence se serait révélée épineuse.

La présence ne tient ni à la parole ni à la gestuelle. Taeksoo ne s'exprime jamais dans le bavardage ou la gesticulation. Il n'a pour ainsi dire jamais ouvert la bouche, jamais eu le moindre geste un peu voyant de tout le semestre. Il se tient mutique et immobile sur son siège et pourtant, cours après cours, il impose du fond de la classe, malgré son silence, malgré sa quasi-impassibilité, une opaque mais irradiante présence.

Qu'est-ce que la pudeur pour vous? Argumentez.

Les étudiants vont selon leur habitude se ruer sur des histoires de famille, de flirts et de frôlements, sonder leur propre vie pour en fouiller les recoins et en extraire toutes sortes d'anecdotes et de souvenirs personnels, nudités, baignades, hontes, ils auront l'embarras du choix. À coup sûr ils vont tirer la pudeur du côté de la timidité. Comme toujours, les Asiatiques seront mystérieux. Le sujet de la pudeur leur est doublement impénétrable, tant la pudeur est inhérente à leur mode même d'être au monde. Peut-être est-elle un sujet tout bonnement impossible à traiter pour un Asiatique.

Dix heures. Le sujet difficile est tombé. Depuis mon estrade, je surplombe la classe. Tous les étudiants ont déjà la tête baissée, peinant sur leurs pages, noircissant des brouillons, barrant, recommençant, tentant d'avancer dans le dédale des arguments. L'énigmatique Taeksoo pas plus que les autres ne relève la tête, mais déjà son sourire flotte sur ses lèvres pendant qu'il écrit sans relâche. Il dépasse l'heure. C'est le dernier à rendre sa copie. L'heure a sonné. Il continue tête baissée, aux lèvres toujours le même sourire. Taeksoo, il faut songer à finir. C'est l'heure. Cependant il ne cesse de sourire et d'écrire. Taeksoo, c'est l'heure.

Comment un professeur français peut-il juger un étudiant coréen et, pire, l'évaluer ? Les différences dans l'appréhension de la pudeur sont telles selon les pays d'origine qu'aucune note ne sera possible. Je me bornerai à corriger les fautes d'expression et de syntaxe et puis c'est tout. Que va cette fois écrire Taeksoo ?

Le sujet du dernier examen était plus simple, relevant davantage de la narration : Racontez votre dernier jour dans votre pays, juste avant votre départ pour la France. Taeksoo a rendu une copie entière recto verso consacrée au dos de sa mère. Pas au sens figuré, au sens propre. Oui, le dos de sa mère, une copie entière. Lui s'avançant vers elle qui se tenait au fond du jardin devant une mare. Elle, lui tournant le dos, ne se retournant jamais. Sa silhouette mutique se découpant sur la mare, ses cheveux noirs coupés mi-long, son dos menu, sa robe droite à motifs de fleurs. Et l'énigmatique Taeksoo qui s'avançait vers elle de dos. En toile de fond la mare et ses abords, roseaux, ajoncs, cri des dernières grenouilles de la saison. C'était la fin de l'après-midi, les grenouilles entamaient un raffut d'amour, vraisemblablement le dernier de la saison, mieux vaut se déclarer tard que jamais. Comme les rides qui irisaient la mare, il y avait dans le texte de Taeksoo un frémissement infime. Un toucher aussi. Une légère discontinuité, un blanc qu'il fallait peut-être imputer à la maîtrise approximative de la langue française. Mais le plus beau était l'assentiment au monde. Malgré le dos tourné de la mère, le texte de Taeksoo disait oui au monde, oui à tout ce qui arrivait, qu'on le veuille ou non, oui à la mare, oui aux roseaux et aux grenouilles, oui aux déclarations et oui aux départs pour la France. En fait, si l'on y réfléchissait, le texte de Taeksoo était une sorte de poème. Mais Taeksoo n'avait pas choisi d'écrire un poème, il avait choisi de traiter le sujet en une page, le dos de la mère, la mare, au soir du dernier jour parce que la consigne ne disait pas Écrivez un haïku, elle disait Racontez une journée et Taeksoo savait parfaitement se plier aux consignes, son sourire énigmatique le disait assez. Quand je lui ai rendu sa copie, elle portait ce commentaire Rêve ou réalité, on ne sait, alors j'ai mis une note de rêve : 20/20. À la lecture de l'annotation sur la copie, j'avais vu pour la première fois flotter le sourire qui peut-être après tout n'en était pas un.

Cette fois, que va écrire Taeksoo sur la pudeur ? Le faible sourire qui court sur le visage bien que la tête soit baissée en permanence laisse présager un nouveau texte énigmatique et une nouvelle perplexité pour moi quand viendra le moment d'évaluer le travail. Un texte totalement hors sujet mais en définitive dans le sujet, comme en produisent presque toujours les étudiants asiatiques.

Moi devant la glace j'ai ma réponse.

Qu'est-ce que la pudeur ? C'est cacher aux autres et à soi-même un corps qu'on ne reconnaît pas comme sien.

À présent que je ne veux plus ni séduire ni posséder, seule une chose m'importe encore, c'est vivre des moments sans temporalité. La question du temps ou plutôt du non-temps est la seule qui compte. Les autres questions ne sont plus des questions pour moi.

Les moments où l'on a l'impression que le temps s'arrête ne sont pas propres à l'âge adulte.

On croit que la vie va toujours être comme ça, dilatée comme un long soir d'été qui fait reculer la nuit jusqu'aux confins de minuit. Moi sur le porte-bagages de la mob et Else qui la conduit. Je la serre bien à la taille, je me cramponne. On ne porte de casque ni l'une ni l'autre, ce n'est pas encore risque zéro, la jeunesse est un âge à haut risque. Risque zéro, on aura toute la vie pour être vieux, pour avoir peur de se briser les os en mille morceaux et qu'ils ne se recollent pas, nous, ils vont se recoller les os, d'ailleurs on ne sait même pas qu'on en a, des os, on les sent jamais, ils nous font jamais mal. Else et moi, on veut risque maximal, on veut longue ligne droite, haute tension, cent à l'heure, c'est ça qu'on veut, on n'y peut rien, c'est ça que veut notre âge. Le soir de juillet fait souffler du vent chaud dans nos cheveux, un séchoir brûlant. Les mèches vont partout dans les yeux sur tout le visage, elles piquent, elles chatouillent, pas grave. Je les rejette en arrière, elles reviennent à l'avant, elles n'en font qu'à leur tête. Je les vois voler dans le petit miroir qui est sur le guidon de la mob. Avec les cheveux partout sur le visage c'est bien la première fois de ma vie que je ressemble à Else. Les siens, elle les a aussi dans les yeux et sur tout le visage, c'est beaucoup plus grave, elle conduit. Risque maximal. On s'en fiche, Else et moi, on est deux reines et les reines ne courent pas de risques à moitié.

Le soir de moisson a pris ses quartiers dans la plaine. L'odeur de pain du blé coupé nous monte à la tête, Else et moi. Dans les champs où le blé n'est pas encore moissonné le vent court comme un fou penchant la pointe des épis, la plaine jaune tout entière ondule, une mer de paille. Le paysage est de plus en plus abstrait, la mobylette suit le tracé noir du macadam, elle fend le monochrome jaune. Else se penche sur la mob pour aller plus vite. Pour accompagner le mouvement, je me penche aussi. La joie est telle qu'elle ne peut rester confinée à l'intérieur de nos corps, il faut que ça sorte. Else se met à chanter une chanson d'amour à la noix, Encore dans mes bras, j'entends une parole sur deux, je reconnais l'air, le vent l'emporte aussitôt, je reprends à mon tour le refrain, le vent l'emporte aussi, la plaine tremble dans les poussières de moissons, juillet comme une chatte a ses chaleurs. Le paysage n'est plus qu'un vaste mirage jaune qui pulvérise notre joie en particules fines et odorantes. Else et moi on fait corps avec lui, la vie sera toujours comme ça, on le croit, et même on le chante. Dilatée, chaude et docile. Rien ne se cabrera jamais et rien ne fera jamais obstacle.

Else s'arrête de chanter, le village où elle veut se rendre est en vue. Elle veut bien être prudente aux abords des villages, elle veut bien ralentir. Elle ne se penche plus sur le guidon, elle relève la tête.

Comme d'habitude elle sait très bien où elle va. Là où elle s'arrête, c'est une sorte de hangar, de grosse bâtisse de briques rouges, avec, sur le devant, deux grandes portes coulissantes de métal. Sur le mur une pancarte. Sur fond noir, l'éclat de lettres rouge et or Huiles de vidange *Vidam.* Il y a de la musique à l'intérieur du hangar, un poste de radio qui fait grésiller des chansons à la mode.

Je descends de la mob. Else donne un coup de pied à la béquille pour la faire sortir. L'engin reste miraculeusement debout, un oiseau au bord de l'étang.

— C'est le garage où bosse ton frère ? je demande.

— Pas que mon frangin, elle fait.

Else n'a jamais un mot de trop, depuis que je la connais je n'ai jamais pu la prendre en défaut question parole inutile. Mes autres amies, on sait toujours tout tout de suite. Avec Else on sait rien et on a toujours envie de savoir la suite.

Tiens, tiens, il y a donc quelqu'un d'autre qui travaille à l'intérieur du garage de Freddy et quelqu'un qui intéresse Else, je me dis.

Elle s'arrange les cheveux. Elle les secoue en avant et les coiffe avec ses doigts.

— Ça va ? J'ai pas l'air trop cloche ?

Pour s'arranger le tee-shirt, elle tire dessus.

Je ne lui pose pas la même question car je ne veux pas qu'elle sache qu'il y a aussi quelqu'un qui m'intéresse à l'intérieur du garage. Le voudrais-je que je n'en aurais pas le temps, déjà la voilà qui s'élance pour ouvrir en grand les portes coulissantes, un chouia réfractaires. Avec l'ouverture des portes, la lumière se fait sur une grande salle presque toute noire, plongée dans un demi-jour sale qui tente une entrée douteuse par les carreaux de fenêtres graisseuses. Un antre où presque tout est noir, la lumière, les hommes et les outils. Seuls luisent dans la pénombre les pare-chocs des voitures, leurs profilés d'acier implacables, des plombages dans le noir d'une mâchoire. Un jeune homme de dos est penché sur l'intérieur du capot d'une voiture grenat dont les chromes balancent leurs lueurs à travers la demi-nuit. C'est Freddy. À notre arrivée, il se retourne. Il est en bleu de travail, mais le bleu tire plutôt sur le noir, un bleu crade, plein de traces de cambouis. Il essuie une pièce détachée avec un chiffon sale lui aussi, il a les mains toutes noires.

— Comment va, les filles ? il demande.

— Ben, on fait aller, répond Else, haussant les épaules.

La lumière qui pénètre à flots par les portes coulissantes n'a pas réussi à endiguer entièrement le noir du garage. Heureusement pour moi, une pénombre providentielle baigne toujours le lieu. Je n'ai jamais été à l'aise avec Freddy. Ses cheveux noirs, ses yeux noirs, ses tee-shirts noirs avec leurs inscriptions dessus, je n'ai jamais pu les regarder frontalement, seulement de biais et seulement furtivement. Le rapport que j'ai avec Freddy est toujours oblique et fugitif. Quant à ses yeux qui regardent par en dessous comme si on ne lui voyait qu'une moitié d'iris, je les fuis. Le nez, je ne peux le regarder longtemps non plus, quelque chose me trouble du côté des narines, quelque chose de frémissant, elles bougent comme si elles étaient vivantes. Quant à sa bouche, tout bonnement je m'interdis de la regarder, la forme des lèvres et la matière rose et veloutée, les bouches sont les endroits les plus scandaleux du corps humain et pourtant elles sont situées en plein milieu du visage au vu et au su de tout le monde. Il y a tant de choses que j'évite de regarder chez Freddy qu'il m'est difficile de me trouver en sa présence. De plus, sur son lieu de travail, j'ai l'impression de le prendre par surprise. Mais lui a l'air très à l'aise, il s'en fiche d'être vu en bleu sale avec un bout de tuyau à la main.

Le transistor grésille.

— Ho Bruno ! Sors de là, on a de la visite, dit Freddy en baissant le son de la radio et en se penchant pour regarder sous une bagnole.

Un garçon s'extrait d'en dessous. On lui voit d'abord les chaussures et le bas du bleu avant de lui voir le torse et la tête. Enfin on voit à quoi il ressemble.

Un blond avec des cheveux bouclés. L'air un peu timide. Le visage tout noir lui aussi comme celui de Freddy, même encore plus. Le noir semble plus noir par contraste avec les cheveux blonds. Un ange extirpé de l'enfer.

— Salut, dit-il, l'air un peu embêté.

Les timides ont la capacité de rendre ceux qui les entourent aussi timides qu'eux, y compris parfois ceux qui ont le plus d'assurance.

Très vite, personne ne sait plus quoi dire.

— Ben, on passait par là, on est venues saluer Freddy, tente Else.

Sa voix a changé. Sa voix et aussi ses paroles. Elle en dit plus que d'habitude. Elle qui ne se justifie jamais a éprouvé pour une fois le besoin de le faire. D'habitude elle veut plaire à personne, au contraire si elle peut déplaire, c'est mieux et même parfois elle y met toute son application.

Mais j'ai déjà bien assez à faire avec moi-même. Comment ne pas regarder Freddy ? Je ne le regarde pas et pourtant je sens la présence de tout son être, une incandescence dans le demi-jour, les yeux par en dessous, la peau mate et la matière rose et veloutée des lèvres ourlées.

Cette fois on ne sait vraiment plus quoi dire de part et d'autre. Else aussi pense qu'il est grand temps de tailler la route.

— Bon ben on y va, lance-t-elle, pour une fois aussi godiche que moi.

C'est seulement en poussant de toutes ses forces les grandes portes coulissantes en métal pour les ouvrir qu'elle retrouve les pleins pouvoirs.

— C'est toujours moi qui fais tout. T'as qu'à conduire maintenant, elle me dit.

On dirait que ses affaires n'ont pas si bien marché que ça.

Un mois plus tard, alors que la moisson est terminée, Else et moi on reprend la mob, je suis toujours accrochée à elle. Comme la dernière fois, elle ne me dit pas où nous allons. C'est toujours comme ça avec Else, surprise. Cette fois, elle ne chante pas. Elle ne fait pas la folle comme d'habitude, elle se penche sur la mob, mais moins. Je perçois comme une tension dans son dos et dans son ventre auxquels je me cramponne. Quelque chose ne va pas. Ce soir Else n'est pas une reine, une reine inquiète n'est pas une reine.

Le village où elle s'arrête n'est pas celui du garage. On le traverse et au bout d'un moment, après la pancarte crème barrée d'un trait rouge avec le nom du bled, on s'arrête. Else balance à nouveau un coup de pied à la béquille pour la faire sortir et à nouveau la mob tient comme une grue sur un seul pied. À nouveau je regarde l'endroit que je ne connais pas. Ce n'est pas un hangar cette fois, plutôt une cabane, une sorte de bâtisse dont les murs sont des planches en bois et le toit de la tôle. Ça a dû être une grange il y a longtemps, mais maintenant?

Après avoir planté la béquille de la mob, Else rajuste la bretelle de son débardeur. Elle se regarde dans le petit miroir du rétro qui est sur le guidon. Puis elle se pince les deux joues pour qu'elles soient rouges et ensuite passe la langue sur ses lèvres, et même elle crache un peu dans la main gauche et mouille de salive un doigt de la main droite pour en enduire ses lèvres.

Elle est bizarre aujourd'hui, Else, et en plus quel drôle de maquillage, les joues pincées et les lèvres brillantes de salive. Les cheveux, elle y a pas touché, ils sont n'importe comment dans la figure comme d'habitude.

— Bon, je t'explique, tu m'attends là devant. Interdit d'entrer mais si jamais quelqu'un se pointe, bien sûr tu mouftes.

Pas eu le temps de demander plus d'explications, Else a déjà ouvert la porte de planches clouées.

C'est rare que j'en aie marre de la domination d'Else et de son droit d'aînesse, mais là elle exagère. Aucune explication et moi qui poireaute devant une vieille grange sur le point de s'écrouler. Dix minutes, passe encore, mais vingt c'est trop, heureusement la nuit d'août n'est pas encore tombée, il fait encore un peu jour bien qu'il soit déjà plus de neuf heures.

Tant pis pour les consignes. Elle a dit Interdit

d'entrer mais elle n'a pas dit Interdit de regarder. Je m'approche de la porte de planches clouées. C'est plein d'interstices entre les lattes de bois, et par l'un d'entre eux je regarde ce que fabrique Else là-dedans. À l'intérieur c'est presque tout noir mais la lumière oblique du couchant arrive par le carreau d'une vitre sur le sol jonché de paille. La grange est traversée d'une lumière qui poudroie, couleur paille elle aussi. Dans un coin sombre tout au fond je perçois un mouvement une ondulation. Else et Bruno sont allongés l'un sur l'autre, enchevêtrés comme les brins de paille sur lesquels ils sont couchés. Je recule et m'éloigne de la fenêtre.

Il est minable, le temps des hommes, une seconde après l'autre, pour mesurer toutes les pensées que ma tête charrie à cet instant précis.

L'homme que j'aime me dit toujours Allons dans la clairière de l'être pour dire Allons au lit.

Lui et moi nous voyons une ou deux fois par mois. Le reste du temps, la géographie et l'état civil nous séparent. Il est marié et n'habite pas la même ville que moi. On se donne rendez-vous dans un hôtel d'un petit pays gorgé d'étangs et de mélancolie. L'hôtel est vieillot. Le papier peint est à fleurs et le mobilier, fatigué. Je l'attends dans la chambre et porte une robe que j'ai choisie pour lui. Quelle chance j'ai d'être une femme ! je lui dis. Il ne comprend jamais vraiment ce que je veux dire. Je lui réponds C'est normal, tu peux pas comprendre, t'es pas une femme. Chaque fois, il prévient, il passera seulement quelques heures avec moi. Pour me consoler il me dira qu'avec lui j'ai l'essentiel : le vertical et l'horizontal. Je ne comprends pas vraiment ce qu'il veut dire. Il ne me répond pas C'est normal, t'es pas un homme. Il continue à parler, il dit Les expériences les plus intéressantes d'une vie sont celles sans temporalité. Allons faire un tour dans la clairière de l'être ! Il n'y a pas trente-six façons d'être hors d'âge, quand on rêve, quand on baise et quand on va au cinéma, il m'explique. C'est vrai, quand on entre dans une salle de cinéma, le temps reste à la porte. Le mieux est encore de pénétrer dans un de ces antres noirs tendus de velours rouge. Et qu'on n'essaie pas de nous imposer une autre couleur que le rouge, leur orange ou leur bleu qu'ils veulent nous fourguer, on n'en veut pas, rendez-nous le rouge des fauteuils et des tentures, pour ce qu'on va voir le mieux est encore le rouge, la couleur de nos rêves, la couleur de nos organes, la couleur de notre vie intérieure. Dans la salle de cinéma, les lumières s'éteignent, quand j'étais petite, elles s'éteignaient progressivement, aujourd'hui c'est fini, elles s'éteignent comme les autres, brutalement. Le film commence, on voit des champs d'orge qui ondulent sous le vent, uniquement ça, les champs d'orge sous le vent pendant longtemps, on a la rétine gorgée de jaune, pas d'acteurs, pas de musique, le cinéma enfin débarrassé des deux éléments qui l'encombrent. L'air d'été bruisse, chargé de bourdonnements et de remuements. Un plan fixe pendant trois longues minutes, c'est long trois minutes au cinéma, puis la caméra filme le haut des arbres dans le vent, les branches tournoient pleines de feuilles, ça tournoie dans notre tête aussi, puis on découvre un jeune personnage qui lève les yeux au ciel et qui voit les mêmes arbres, le même tournoiement, la lumière est celle du petit matin d'août dans une ville du Nord. Lui et ses amis ont escaladé les grilles d'une piscine municipale fermée à cette heure, ils sont seuls au monde, ils ont vingt ans et l'aube est là, sans âge, la nuit est défaite et peut-être aussi leur jeunesse, on ne sait pas, peu importe, au-dessus de leurs têtes les arbres tournoient, un lent et long travelling sur les branches et les feuilles, peu importe que ce soit son dernier jour, sa dernière aube au personnage, seule compte l'aube qui se lève sur la ville du Nord, pas un bruit, seule la lumière, le plus beau au cinéma est le travelling quand ça tournoie, je me souviens d'un tournoiement au cinéma dans un ciel de neige, un ciel tout blanc, et d'un autre autour d'un train qui a déraillé, dix minutes de tournoiement autour des rails avec les affaires des passagers, les robes, les pulls, les châles partout, des pierres aussi car c'était un train de marchandises dans lequel avaient grimpé des passagers, les scènes tournoyantes sont celles qui se gravent le plus facilement dans ma mémoire et d'autres encore on ne sait pas pourquoi elles se gravent, la femme qui se lave avec du citron car elle travaille dans un restaurant de poissons du bord de mer, elle veut faire partir l'odeur. Elle rentre chez elle, on la voit devant la glace, la fatigue se lit sur ses traits, elle se plante devant la glace, coupe un citron en deux puis le passe sur ses deux bras pour ne plus sentir le poisson, pourquoi la mémoire a retenu cette scène et pas une autre ?

La nuit, comme au cinéma, on perd son âge, on l'oublie. Quand on entre dans un rêve, un cinéma ou un autre corps, c'est vrai, on n'a plus d'âge.

J'ai le secret des endroits sans temporalité. Tout le monde peut en connaître car ce sont parfois les lieux les plus banals.

Shampooings, colorations pour cheveux, cotons-tiges, savons, gels douche, après-shampooings, quand on est avec son caddie dans les allées de l'hypermarché, on déambule dans un monde flottant, on n'est pas si mal, presque en apesanteur, un cosmonaute parmi les liquides vaisselle, éponges, lessives, barils, paquets de toutes sortes, c'est immense et presque vide, la salle des pas perdus de l'éternité, le temps des hommes n'entre pas ici, celui des horloges qui empêche qu'on vive tout en même temps, ici dans l'hyper c'est tout en un, ça tournoie comme au cinéma, un moment métaphysique dans les allées vides d'humains et pleines de produits, des murs d'eaux minérales, de boîtes de thon et de biscottes, sans gluten, riches en fibres, on pousse un caddie énorme, le sac à main rivé au crochet, il n'y a pas de taille intermédiaire, il est si grand ce caddie, maintenant que l'enfant a quitté la maison, dans la lumière particulière des supermarchés, blanche et criarde, malgré tout on n'est pas si mal on flotte parmi les produits, les marques, 20 % de réduction en bons d'achat, modèle familial, deux en un, ça tournoie, on ne sait plus ce qu'on est venu acheter, ne pas oublier le café, l'allée petit déjeuner on l'a dépassée, il va falloir revenir, la retrouver, ici c'est les serviettes hygiéniques, tiens il faudra que je pense à m'y préparer, le jour où mon sang ne coulera plus tous les mois, je ne peux m'y résoudre, serai-je encore une femme ?, j'ai peur de ce jour, je suis habituée à couler, une femme qui ne coule plus où va-t-elle ?, mais peut-être il va en être de mes menstrues comme de la mort de mes deux parents, ce qui m'a effrayée toute une vie, ce à quoi je me suis préparée toute une vie, finalement quand ça a eu lieu, j'ai réussi à le surmonter, tiens voilà le mur des protège-slips, qu'est-ce qu'ils vont encore inventer comme besoin nouveau, se protéger de quoi ? On ne supporterait plus à ce point le moindre épanchement ? Les yaourts ont droit à un mur entier eux aussi, le blanc domine dans ces rayons, des nuances de bleu glacier ou de vert peppermint tout aussi polaires, oui il fait froid ici, trop froid, on impose au caddie un demi-tour, allons dans des zones plus tempérées, on n'a besoin de rien à ce rayon, mais on y traîne un peu, car il y fait bon, comparé aux yaourts, panneau de brosses à cheveux, pinces, j'ai besoin d'une pince, j'en prends une imitation écailles, je la pose, minuscule premier achat, dans le grand caddie vide, tiens un miroir, je ne peux m'empêcher, je me regarde en passant. Le miroir reflète mon absence d'âge. On est hagards, on flotte, parfois l'on croise d'autres êtres, des congénères qui eux aussi flottent hagards et poussent un grand caddie rétif qui voudrait freiner partout, dans le miroir on se regarde sans se regarder, on se croirait à une fête foraine sur des chevaux de bois, tant cet endroit est irréel et baigné d'une lumière intergalactique. Les autres acheteurs non plus n'ont pas d'âge, ceux qui ont quatre-vingts ont droit au même traitement que ceux qui en ont vingt, l'hypermarché est un des rares endroits à permettre cette égalité de traitement. Tout le monde logé à la même enseigne, à la quête de quelque chose, tout le monde à marcher d'un pas lent derrière un caddie trop grand qu'il s'agit de remplir.

Il est inconvenant de comparer un supermarché à une forêt, pourtant il y a des points communs. Les forêts sont elles aussi des endroits où le temps n'entre pas. En particulier au printemps.

Le promeneur du début avril marche sous une voûte d'un vert si tendre et si constellé de trous dansants par où pénètrent des rayons obliques qu'il se sent lui-même comme transpercé de lumière, il perd sa nature d'homme ou de femme ou d'enfant, appartient à un autre règne, celui des rayons obliques et des feuilles vertes, de toutes jeunes pousses qui viennent de naître, luisantes et humides comme des nouveau-nés. Dans la forêt rayée de grands troncs verticaux que ciblent de toutes parts les rayons comme des flèches lancées du haut des arbres, on devient un esprit des forêts, la couleur verte surnaturelle nous pénètre le dedans, nos ventres sont vides d'organes, libres aussi sont nos têtes, nos pensées ne se fixent pas, elles volettent, des feux follets, nos cœurs battent pour quoi pour qui, pas la peine, rien à battre, rien à faire, pour une fois seulement être. Les oiseaux chantent, quand on y pense c'est miraculeux de vivre encore dans un monde où les oiseaux chantent. La forêt d'avril a le pouvoir de nous transporter dans le premier matin du monde. Une lumière balbutiante de commencement de monde, un tremblement de monde, on ne sait pas encore si le monde va tenir ou non, la loi vacillante qui préside à toute naissance. Jamais notre immatérialité n'a été telle. Le corps glorieux ne contient pas d'organes, il est traversé de part en part de rayons lumineux. On est le personnage central d'une image religieuse auréolée de lumière blanche.

Le soir en se déshabillant devant la glace on retrouve notre corps opaque, terrestre et lourd, on retrouve notre âge. Plus aucun rayon ne nous traverse. On est devant la glace avec les organes brun et carmin à nouveau calés à l'intérieur, boyaux, viscères, muscles, et la peau tirée par-dessus. Où est passé le corps glorieux de l'après-midi, nulle trace. On a retrouvé notre opacité, ce pourrait être la définition de notre vie d'humain, l'opacité.

On a retrouvé notre âge.

Les lieux sans temporalité, on les connaît et on les recherche dès l'enfance. Simplement on ne les appelait pas comme ça, on disait Coin ou Cachette. Else et moi on en connaissait au moins deux.

Le premier était le ponton en bois du vieil étang. Il était pourri et bringuebalant, vaguement dangereux, peut-être pour ça qu'on y allait.

D'abord on s'assied tout au bout, puis on laisse barboter nos jambes dans l'eau, on les bouge un peu, on regarde nos genoux et nos pieds presque invisibles dans l'eau trouble. Ensuite on entre vraiment dans l'étang, Else pousse un petit cri 'Tain, ça caille avant de se laisser couler jusqu'à la tête. Moi non, je ressors tout de suite, j'aime pas la vase et j'aime encore moins l'idée de la vase. Puis on revient s'allonger sur le milieu du ponton l'une à côté de l'autre, on dit rien on parle de rien, on a les yeux qui partent en vrille, qui s'abîment dans l'infini du bleu par-dessus nos têtes, nos maillots de bain mouillés tout collés aux vieilles planches du ponton. Les bras pendent le long du corps, ça fait une flaque sur les planches aussitôt séchée par le soleil d'août. Je regarde les gouttes d'eau sur les bras d'Else. Ça brille sur la peau, ça coule, puis ça va on ne sait où, durée de vie pas plus d'une minute. L'après-midi sur le ponton fait le vide en nous, nous pompe tout, l'eau sur le corps, les pensées dans la tête. On remet nos vies entre ses mains.

Else a les mots pour le dire.

— On est bien, tu trouves pas ?

Le second coin était la penderie de la maîtresse. Elle avait un chignon attaché très haut sur la tête et on lui voyait la blancheur de la nuque quand elle se retournait pour écrire au tableau. Rien n'était plus beau. On suivait la courbe blanche qui partait de la racine des cheveux jusqu'au début du dos, on gobait cette partie du corps parce que c'est tout ce qu'elle montrait comme surface, la maîtresse. Quand elle avait fini d'écrire la dictée au tableau et qu'elle se retournait, c'était toujours trop tôt on avait pas eu le temps de tout regarder. Elle nous surprenait à la regarder comme dans *Un deux trois soleil*, mais ne nous disait rien. Son appartement de fonction était au premier étage de l'école.

Un jour à la récréation Else et moi on est

montées à l'étage et on a ouvert la porte. Comme dit Else, elle n'avait qu'à se la fermer à clé, sa porte !

On traverse le salon sans s'attarder, on sait qu'il y a rarement des trucs à trouver dans les salons et dans les salles à manger. Pour fouiller, les chambres à coucher c'est ce qu'on fait de mieux. Else entre la première, fait un tour d'horizon par le regard puis son instinct de fouilleuse toute catégorie la mène tout de suite vers la penderie. À l'intérieur les vêtements s'organisent clairement : à gauche ceux de la maîtresse, colorés et soyeux, à droite, ceux de son mari, le maître, sombres et stricts. Elle touche d'abord les tissus des robes, mousselines, cotons imprimés, et aussi la popeline d'un imperméable. Elle décroche un cintre de la tringle. Une robe rouge à pois blancs qui lui a tout de suite tapé dans l'œil. Elle la met devant elle, devant son corps, la robe est toujours accrochée au cintre. Puis elle se regarde dans la glace collée sur l'intérieur des portes du placard. Enfin elle saisit le tissu et enfouit son nez dedans pour le humer. Ça sent la maîtresse, elle dit, elle ferme ses yeux pour mieux la sentir, l'odeur. Elle range à nouveau le cintre à l'endroit où elle l'a pris. Soudain elle écarte les robes, se glisse dans la penderie et se recroqueville sur elle-même pour s'allonger par terre. Elle n'a pas beaucoup d'espace et les robes les plus longues l'effleurent.

— Viens ! Y a encore un peu de place.

— Et si elle monte ?

— T'inquiète ! Elle a bien assez à faire avec les nains de la maternelle.

Je m'engouffre à mon tour dans le tout petit espace, me blottissant contre elle. Il ne reste plus qu'un peu de place du côté gauche, celui des robes, mes jambes dépassent du côté des habits du maître, mais ma tête, c'est les robes de la maîtresse qui la chatouillent.

Puis Else referme les portes miroir de la penderie. À présent il fait tout noir et rose et tiède à l'intérieur.

— On se croirait dans le ventre de la maîtresse, je chuchote à Else.

Dans ma langue maternelle, il y a un mot pour dire Se faufiler, Se glisser, mais un mot qui le dit beaucoup mieux. C'est le mot Schluffen. Il a quelque chose d'utérin que l'équivalent français n'a pas. Aucun mot français ne pourra jamais autant se faufiler ni autant glisser que le mot de la langue maternelle. Celui qui en français se blottit le plus est le verbe Se lover.

Quand je dis ce mot, Schluffen, je ressens physiquement, dans ma chair, le tout petit espace, presque un trou, juste assez grand pour que mon corps puisse s'y loger, s'y introduire presque à la façon d'un rongeur dans le creux d'une écorce. Les mots français Se faufiler, Se glisser et même Se lover évoquent un espace plus grand et une tâche moins acrobatique. Ils indiquent dans une moindre mesure la nécessité d'une contorsion du corps, d'une rotation sur soi pour réussir à se lover dans un minuscule réduit. Ils n'indiquent pas non plus la notion d'abri, de cachette. Peut-être parce que la langue maternelle est davantage que la française un endroit où on est en lieu sûr. La langue que j'ai entendue en ouvrant mon premier œil sur le monde, aucune autre ne peut la surpasser pour dire la sensation. Pour dire au plus près la faim, le froid, la peur, elle est indépassable. Pour les choses de tous les jours, celles du corps, les cris, les colères, elle excelle, On veut rentrer à la maison, on est fatigués, l'herbe est mouillée sous les pieds. Le français appris à l'école sort du cerveau, alors que la langue maternelle jaillit du corps. Si on disait J'ai peur en français, c'est qu'on n'avait pas vraiment peur. Le français était une langue pour mentir. Pour faire son malin, son intéressant. Quand on la parlait, on avait l'impression d'être habillés en dimanche, la raie des cheveux nette, les vêtements bien repassés, presque raides, on était quelqu'un d'autre, on se déguisait avec des mots, c'était pas nous. Une langue qu'il fallait contrôler pour que ça sorte pas de travers. L'autre, la maternelle, on ne l'avait apprise nulle part, c'était la succession des jours et des nuits qui nous l'avait mise dans la bouche, on s'était donné la peine de naître dans cette région où on la parlait et c'est tout. Le français était une langue apprise à l'école. Celle d'abord des maîtresses qui nous faisaient la classe, puis, au lycée, celle des filles d'ingénieur à qui je voulais ressembler, celles qui jouaient au tennis l'été alors que je m'ennuyais dans la cour de ma Oma avec pour seule compagnie un abreuvoir de métal, compagnon de deux longs mois brûlants, juillet et août. Les maîtresses parlaient une langue lisse, élégante et liquide. Rien à voir avec les sons gutturaux de la langue domestique, des sons rauques d'une langue rude, pas les mêmes sons, pas le même accent, pas la même syntaxe. Et pour finir peut-être pas le même monde à désigner? De la pâte à grumeaux que notre mère nous servait au bord du lit lorsqu'elle nous fourguait ses contes cruels, viatique pour la nuit, des chasseurs, des forêts et des loups, des cueillettes interdites et des aïeules transformistes, tous convoqués dans une langue rocailleuse qui au bord du lit charriait ses syllabes gutturales. On voulait rester du bon côté du jour. On s'accrochait à la rive du sommeil pour ne pas sombrer, si on s'endormait on ne se réveillerait plus. Les nuits étaient malgré nos efforts peuplées de loups, de fleurs interdites et de forêts noires, la nuit finissait toujours par nous happer, qu'on le veuille ou non. On voguait ainsi toute la nuit, des noyés du sommeil. La mère au bord du lit nous avait laissés dériver, avait glissé à l'oreille les mots de sa langue râpeuse, une suite de diphtongues et de sons chuintés, de la pâte à grumeaux je vous dis. Le français qu'on nous apprenait à l'école était lisse et sans heurts, rien ne butait, tout glissait. Pendant toute mon adolescence je convoitais cette langue, je la désirais. J'ai si bien réussi que ma langue maternelle a été enfouie sous des sédiments de français. Au fil des ans je ne savais plus si ma vérité était dans le français des surfaces ou dans la langue des tréfonds. Ce que je sais c'est que la langue maternelle est la langue source, celle du corps, celle où s'abreuve la vie intérieure. Quand j'entends un mot de la langue maternelle que je n'ai plus entendu depuis trente ans, j'ai une sensation cinglante et puissante de première fois. Ainsi quelqu'un de mon village a-t-il un jour prononcé devant moi le mot Truthahn que je n'avais plus entendu depuis trente ans. Et j'ai vu soudain se dresser devant moi le rouge froissé et flamboyant de la crête et le panache plein d'autosatisfaction du dindon de l'enfance, le premier que j'aie jamais vu, rien à voir avec le falot dindon français, basique frimeur de basse-cour. De même l'adjectif Gruzeldich fait déjà entendre la fraise du dentiste et flanque une tout autre trouille que le mot Terrifiant. Ces mots remontés tout droit du vivier de l'enfance n'ont été ni édulcorés ni émoussés, ils sont restitués dans la force brutale et la toute-puissance des premières fois.

Peut-être si j'avais continué à parler tous les jours la langue maternelle, je n'aurais pas eu cette apparence, j'aurais été une autre femme avec un autre destin, un autre mari, d'autres enfants et un autre travail. Comme j'ai parlé la française presque toute ma vie, je suis devenue ce que je suis, une femme française. La surface de mon être a perdu la langue d'origine. Mais, je le sais, elle est toujours tapie dans la nuit de mon corps, prête à surgir au moindre tressautement du corps, à la moindre sensation.

La mémoire, dit-on, remonte généralement à l'âge de quatre ans. Les souvenirs conscients et précis, du moins.

Alors disons que j'avais quatre ans.

La première fois que je me suis vue dans un miroir je ne peux m'en souvenir. Je peux seulement reconstruire la scène d'après ce que j'ai vu chez mes propres enfants ou mes neveux ou encore d'après les films ou les livres.

On prenait alors un seul et unique grand bain par semaine. Les autres jours, c'était toilette de chat. La salle de bains était carrelée de noir, une couleur paradoxale au vu de l'optimisme de ces années-là.

Les jours de grand bain hebdomadaire, la salle de bains est pleine de buée. Je suis debout, ruisselante et frémissante, les pieds sur le carrelage, en attente de la séance de séchage maternelle. Ma mère saisit un grand drap de bain rêche comme tout et m'essuie avec méthode, d'abord le visage, les cheveux et le torse, puis les jambes, les fesses et les pieds. Je ne cesse de gigoter et de rire, ma mère me dit Arrête, j'arrive pas à t'essuyer. Je lui réponds tout en continuant de gigoter Et toi t'arrêtes pas de me chatouiller. Toujours je veux attraper le savon ou les cheveux de ma mère, faire autre chose que la laisser m'essuyer. Soudain le grand drap de bain tombe par terre. En face de la baignoire des parcelles entières de buée ont déjà déserté le grand miroir et progressivement je peux y voir mon reflet, mais sais-je seulement que la petite fille nue qui ne cesse de gigoter, c'est moi ? Je ne sais pas ce que j'ai pensé, me voyant pour la première fois dans une glace, consciente d'être en face de mon propre reflet. Le petit corps glabre et remuant, la fente, le ventre un peu proéminent, ai-je seulement conscience que tout ça me constitue ? C'est moi adulte qui me décrit ainsi : glabre, fente, proéminent, la petite fille d'alors ne sait rien de ces mots, ne sait rien de sa pilosité inexistante et rien de son corps présent et à venir. Que voit-elle ? Comment se juge-t-elle ? Si toutefois elle se juge. Je me demande comment et à partir de quoi naît la conscience de soi. La petite fille avant cette expérience du miroir était un petit chien, de ceux qui passent devant le miroir sans se voir, indifférents à leur reflet, seulement fureteurs, seulement à la recherche de ce qui intéresse leur flair, leur jouet, leur os ou leur maître si toutefois ils sont dans les parages.

Que voient-ils lorsqu'ils se regardent ou faut-il dire Que regardent-ils lorsqu'ils se voient ? Cette conscience de petit chien que j'avais avant quatre ans, je ne m'en souviens plus, elle gît dans un trou noir de ma mémoire, auquel je n'ai plus accès.

Peut-être vais-je à nouveau connaître cet état de conscience à la fin de ma vie.

Aujourd'hui les gens vivent si vieux que beaucoup d'entre eux passent devant les miroirs sans se reconnaître. Mais après tout est-ce si important de se reconnaître ? Peut-être ceux qui ne se reconnaissent plus ont-ils d'autres satisfactions, d'autres bonheurs. Peut-être après tout le bonheur de se reconnaître n'est-il pas si grand qu'on veut bien le dire.

Au ciel la lune est blanche et ronde comme un lampion. Disons qu'elle est pleine. Comme elle est dans cet état, les étoiles sont à la peine et font ce qu'elles peuvent pour clignoter, mais le résultat est faiblard. L'astre qui a raflé la mise jette des paquets de lumière blanche sur la piscine, et sur la surface turquoise de l'eau dansent des ronds et des ovales blancs qui changent sans cesse de forme. Dans le début de nuit encore tiède, rien ne veut refroidir, tout veut rester chaud, tout veut rester jour, les rebords de la piscine, tout comme les gens qui s'y trouvent.

Trois femmes aux cheveux blancs viennent de finir le repas pris sur la terrasse non loin de là, salade et légumes, c'était bon, à présent elles sont allongées sur des transats, repues mais légères. Un homme est avec elles, bermuda et chemise ouverte, il a dîné lui aussi, maintenant il est assoupi sur un transat, ses lunettes encore sur le nez et son livre ouvert posé sur le torse. Une des trois femmes se lève, se dirige lentement vers la piscine, en descend deux marches, trempe ses pieds dans l'eau C'est incroyable ce qu'elle est encore bonne ! elle lance aux deux autres, puis descend les trois dernières marches et soudain envoie valser sa robe qui atterrit sur le rebord de pierre. Elle est entièrement nue et glisse tout son corps dans l'eau moelleuse et tiède, elle est grasse et charnue, son ventre fait des étages, elle nage la brasse, son visage exprime la plénitude, on la comprend et on l'envie, l'eau masse comme jamais à cette heure. Une deuxième femme la suit. Plus mince et moins impulsive, elle prend le temps de plier soigneusement sa jupe et son chemisier sur un transat, mais la voilà nue elle aussi, menue et fripée, couverte de taches brunes sur le visage et le corps. On dirait que l'enveloppe de sa peau avec les ans est devenue trop grande pour la masse musculaire, mais elle a l'air de s'en fiche, elle descend à son tour dans la piscine, et très vite une expression de contentement se lit aussi sur son visage. Dès qu'elle se laisse couler dans l'eau, elle rit et confirme ce qu'a dit la précédente nageuse Oh oui elle est bonne ! Il ne reste plus qu'une femme sur les transats. La dernière. C'est moi ou du moins je le crois. Je rejoins les deux autres, enlève ma tunique ni vite ni lentement, et me glisse nue dans l'eau, je ne ressemble pas davantage que les deux autres aux créatures qu'on a l'habitude de voir évoluer dans les piscines turquoise. Moi aussi, je me pâme dans l'eau lourde et tiède. Toutes les trois nageons maintenant en silence sous la lune dans l'éclairage surréel qui nimbe de blanc la piscine turquoise, nous faisons des longueurs, quatre, cinq, six, de temps en temps nous gloussons de petits rires tout en répétant Qu'est-ce qu'on est bien ! De telle sorte que l'homme endormi finit par se réveiller. Il n'en revient pas de ce qu'il voit, se frotte les yeux, croit rêver, serait-il devant un tableau mythologique ? Fendant le turquoise perforé de ronds blancs clignotants, les trois parfaitement nues continuent de nager sous la lune blanche, dans la nuit enfin seule.

DU MÊME AUTEUR

Aux Éditions Gallimard

L'AVERSE, 2012.

MON ÂGE, 2014 (Folio n° 6074).

Aux Éditions Buchet-Chastel

LES APRÈS-MIDI, ÇA DEVRAIT PAS EXISTER, 2004.

DES LOUVES, 2007 (Points).

CORPS, 2010 (Folio n° 5376).

Composition Cmb
Impression Maury Imprimeur
45330 Malesherbes
le 02 février 2016.
Dépôt légal : février 2016.
Numéro d'imprimeur : 206449.

ISBN 978-2-07-046825-6. / Imprimé en France.

294090